나는 좋아하는 것만 남기기로 했다

나는 좋아하는 것만 남기기로 했다
나를 소모시키는 모든 것과 작별하는 방법

초판 인쇄 | 2026.3.3
초판 발행 | 2026.3.3
지은이 | 김혜민, 박미명, 변은혜, 이선희, 현선하
디자인 | 사라
발행인 | 변은혜
발행처 | 책마음

출판 등록 | 2023.01.04 (제 2023-1호)
주 소 | 원주시 서원대로 427, 203-1401
전 화 | 010-2368-5823
이메일 | book_maum@naver.com

값 16,800원
ISBN | 979-11-94921-24-0(03810)

나는 좋아하는 것만 남기기로 했다

김혜민
박미명
변은혜
이선희
현선하

책마음

목차

프롤로그 • 6

1장 나를 소모시키는 것들을 떠나보내기 • 11

남에게 맞춰 살던 시간을 끝내는 선언 • 12
하고 싶지 않은 일에서 빠져나오는 기술 • 20
잃어버린 취향을 되찾는 기쁨 • 28
삶을 가볍게 만드는 용기 • 35
내가 나답게 살아낸 어떤 순간들 • 42
마음의 결을 따라 사는 법 • 49
감정의 방을 정리하는 일 • 55
이미 내 안에 모든 것이 있었다 • 64
나는 내일을 산다 • 68
해수호신, 해태상의 재발견 • 72
애써 넓히지 않아도 • 75
증명이 아닌 정리의 시간 • 78
다정한 리더가 살아남는다 • 82
경차가 뭐 어때서 • 88
나와 상대를 지키는 법, 거리두기 • 96
번아웃을 극복하려면 • 104
입시보다 더 중요한 것은 • 113
문학을 읽어야 하는 이유 • 128
추석 • 136

2장 좋아하는 것들로 삶을 다시 짓기 • 149

마음이 이끄는 고요 • 150
봄이 오면 가슴 아픈 벚꽃이 핀다 • 155
함께 보던 시간의 온기 • 160
하얀 고요 • 164
마음 여행 • 167
고향길 • 171
마지막 유산 • 176
완벽하지 않아도 돼 • 182
살아지는 것과, 살아내는 것 • 189
끈적한 건 호박만이 아니더라 • 196
안전한 관계의 의미 • 203
빨리 가려다 잃어버린 것들 • 209
인생의 혼밥 • 215

에필로그 • 222

프롤로그

더 이상 애쓰지 않기로 한 날

이 책은 한 사람의 특별한 결심에서 시작되지 않았다.

서로 다른 삶을 살아온 다섯 명의 여성이, 각자의 자리에서 비슷한 질문 앞에 멈춰 섰던 순간들이 겹쳐지며 만들어졌다. 우리는 모두 다른 이름을 가지고 있었고, 다른 속도로 살아왔지만, 어느 날 비슷한 피로와 혼란을 느끼고 있었다.

열심히 살아왔다고 말할 수는 있었다. 가족을 돌보고, 관계를 지키고, 맡은 역할을 감당하며 하루를 버텨냈다. 그러나 시간이 흐를수록 마음속에서는 같은 질문이 반복되었다. 이 삶의 중심에 여전히 내가 있는가. 잘 살아왔다는 말과 달리, 정작 나를 설명하는 문장은 점점 희미해지고 있었다.

우리는 각자의 자리에서 조금씩 지쳐 있었다. 누군가는 관계에, 누군가는 돌봄에, 누군가는 일과 책임에 오래 묶여 있었다. 겉으로 보기엔 충분히 괜찮아 보였지만, 마음속에는 공통된 감각이 있었다. 더 이상 무언가를 더해 가는 방식으로는 삶이 가벼워지지 않는다는 깨달음이었다.

그래서 우리는 정리하기 시작했다. 물건이 아니라 감정을, 일정이 아니라 관계를, 타인의 기대가 아니라 나의 마음을. 그 과정에서 자연스럽게 같은 말에 닿았다. 이제는 좋아하는 것만 남기고 싶다. 그것은 단호한 선언이라기보다, 오래 고민한 끝에 도달한 조용한 합의에 가까웠다.

이 책에서 말하는 '좋아하는 것만 남기는 삶'은 도피도, 이기적인 선택도 아니다. 그것은 무엇을 포기할 것인가의 문제가 아니라, 무엇을 끝까지 지켜내고 싶은가에 대한 질문이다.

더 이상 나를 소모하게 만드는 관계를 무조건 감내하지 않겠다는 태도이며, 이유 없이 불편한 감정에서 한 발 물러날 수 있는 용기다. 그리고 오랫동안 미뤄 두었던 나의 취향과 감각을 다시 삶의 한가운데로 불러오는 일이다.

다섯 명의 이야기는 서로 닮아 있으면서도 다르다. 어떤 이는 관계를 정리하며 숨을 고르고, 어떤 이는 감정을 돌보는 법을 다시 배웠다. 또 다른 이는 삶의 속도를 늦추었고, 누군가는 오래 잊고 지냈던 자신만의 세계를 다시 발견했다. 방식은 달랐지만, 방향은 같았다. 더 이상 애쓰지 않아도 되는 삶, 나에게 정직한 삶으로 돌아가고 싶다는 마음이었다.

이 책은 극적인 변화를 약속하지 않는다. 대신 아주 작은 선택들을 제안한다. 오늘 하나 덜어내고, 내일 하나 남겨 두는 연습. 나를 지치게 하는 말 대신 나를 회복시키는 감각을 선택하는 일. 그렇게 삶을 다시 구성해 나가는 과정 속에서, 우리는 조금씩 가벼워졌다.

이 책을 읽는 당신 역시, 이 다섯 명 중 누구와 닮아 있을지도 모른다. 혹은 아직 말로 설명하지 못한 자신의 마음을 이 문장들 속에서 발견하게 될지도 모른다. 이 책이 전하고 싶은 것은 단 하나다. 이제는 삶을 조금 덜 애써 살아도 괜찮다는 것. 그리고 좋아하는 것들로만 삶을 다시 짜도 충분히 의미 있다는 사실이다.

이 책이 당신에게도, 조용히 방향을 바꾸는 계기가 되기를 바란다.

변은혜

앞으로의 나는 더 단단한 목소리로 말할 것이
다. "나는 이제 내가 좋아하는 것들로 나의 삶
을 채워가겠다." 그리고 이 문장은 내 삶의 중
심을 지켜주는 가장 따뜻한 약속이 될 것이다.

〈남에게 맞춰 살던 시간을 끝내는 선언〉

1장
나를 소모시키는 것들을
떠나보내기

남에게 맞춰 살던 시간을
끝내는 선언

사람들은 종종 "네가 하고 싶은 대로 해."라고 말한다. 하지만 막상 그 말을 들으면, 나는 정작 무엇을 하고 싶은지 몰라 멈춰 서곤 했다. 머릿속에는 늘 다른 사람의 표정, 기대, 실망, 혹은 '좋은 사람'이라는 이름의 무거운 상자가 먼저 떠올랐다. 나를 위한 선택이라고 생각했지만, 돌아보면 대부분 타인의 마음을 먼저 헤아리고 있었다. 그것이 배려라고 여겼지만, 사실은 나를 비워내는 방식이었다.

어느 순간부터 나는 내가 진짜 좋아하는 것이 무엇인지, 무엇에 설레고 무엇을 견딜 수 없는지조차 흐릿해진 채 살고 있었다. 남에게 맞추어 사는 삶은 조용히 침식된다. 큰 소리가 나지 않기에 문제를 알아차리기조차 어렵다. 그럼에도 불편함은 항상 존재했다. 어깨가 뻐근하고, 이유 없이 짜증이 쌓였으며, '왜 이렇게 사는 걸까?'라는 작은 질문이 마음 깊은 곳에서 끊임없이 올라왔다. 그 질문이 쌓이고 쌓인 어느 날, 문득 나는 결심했다. 이제는 정말로 나에게 맞는 삶으로 옮겨가야 한다고.

타인을 지나치게 배려하는 사람들에게는 한 가지 공통점이 있다. '참아도 괜찮아.'라는 자기 암시가 습관처럼 몸에 새겨져 있다는 점이다. 나 역시 그랬다. 상대가 하고 싶은 이야기를 다 들어주고, 분위기가 불편해지지 않도록 적당히 맞장구를 치고, 부탁을 받으면 내 일정이 어떻게 되든 "괜찮아요."라고 말하곤 했다. 하지만 사실, 괜찮지 않았다. 그럼에도 나는 나의 욕구를 드러내는 것이 불편했고, 싫어하는 것을 표현하면 관계가 깨질까 두려웠다. 그렇게 마음속 이유는 늘 뒤로 숨겨졌고, 나는 나 자신을 조금씩 잃기 시작했다.

'나를 잃는 과정'은 언제나 부드럽고 조용하게 진행된다. 그래서 더 위험하다. 남의 부탁을 한 번 들어주는 것은 괜찮다. 두 번도 괜찮다. 하지만 어느 순간, '도와주는 사람'이라는 이름표가 내 정체성처럼 붙어버린다. 부탁을 거절하면 미안해지고, 거절의 이유를 찾는 일조차 스트레스가 된다. 그래서 다시 들어주게 된다. 그 반복은 오래된 습관이 되고, 결국 나의 욕구는 구석으로 내몰린다. 나는 그 사실을 너무 늦게야 깨달았다.

남에게 맞춰 사는 삶을 오래 유지하면 몸이 가장 먼저 신호를 보낸다. 나는 아침에 눈을 뜨는 순간부터 하루가 이미 피곤했고, 사람을 만나는 일이 점점 더 버거워졌다. '나는 원래 이런 사람인가?'라는 생각도 자주 들었다. 그러나 그것은 원래의 내가 아니라, 타인의 무게를 대신 지고 살아온 결과였다.

전환점은 아주 작은 일이었다. 어느 날, 누군가가 내가 맡기로 했던 일에 더 많은 것을 당연하다는 듯 더 요구했다. 상대는 아무렇지도 않았지만, 나는 그날 집으로 돌아오던 길에 이유 없이 눈물이 났다. 그 눈물은 슬픔이 아니라 지쳤다는 몸의 언어였다. 그 울컥거림이 오래된 나를 흔들어 깨웠다. 그때 알았다. '아, 이제 정말 그만해야겠다.' 정말 단순한 순간이었는데, 이상하게도 선명한 결심이 가슴 깊숙이 내려앉았다.

남에게 맞추며 살던 시간을 끝내는 선언은 거창하지 않다. 누구에게 알려야 하는 것도 아니다. 큰 소리를 낼 필요도 없다. 그저 아주 조용하게, 그러나 단단하게 '이제 나에게 맞는 방향으로 살겠다.'라고 마음속에 새기는 것이다. 나는 그날 이후 작은 것부터 바꾸기 시작했다.

하기 싫은 약속을 억지로 잡지 않았다.

"괜찮아요." 대신 "오늘은 어려울 것 같아요."라고 이야기했다.

의무처럼 하던 일들 중 몇 가지를 정리했다.

크게 필요하지 않았던 인간관계를 잔잔하게 멀리했다.

그리고 나에게 여백을 주었다.

처음에는 익숙하지 않았다. 누군가의 눈치를 보지 않는다는 건 낯선 해방감을 동반했다. 그렇지만 동시에 '내가 나에게 돌아오고 있다.'라는 감각이 아주 미세하게 느껴졌다. 그 작은 감각은 생각보다 강렬했다. 마치 오랫동안 잊고 있었던 나의 목소리가 깨어나는 느낌이었다.

타인의 기대에 맞춰 사는 삶은 겉으로는 편해 보이지만, 사실 가장 불안한 삶이다. 그 기대는 언제든 바뀔 수 있고,

그 변화를 따라가다 보면 내 삶의 중심은 계속 흔들린다. 그래서 결국 중요한 건 오직 하나다. 삶의 기준을 타인이 아니라 나에게 두는 것.

이제 나는 선택을 할 때 한 가지 질문을 먼저 던진다.

'이건 진짜 내가 원하는가?'

이 질문은 매우 단순하지만, 놀라울 정도로 많은 것을 걸러낸다. 남의 기대에 따라 움직였던 일들 대부분이 이 질문 앞에서 멈춘다. 반대로 진짜 내가 원하는 일은 아주 작더라도 가슴 깊은 곳에서 잔잔하게 빛난다.

삶이 한결 단순해졌다. 관계의 무게도 훨씬 가벼워졌다. 나는 더 이상 모두에게 좋은 사람이 되려고 애쓰지 않는다. 그 대신 나에게 정직한 사람이 되기로 했다.

남에게 맞추며 살던 시간을 끝내는 일은 단순한 습관의 변화가 아니다. 그건 나를 다시 구조하는 작업이자, 오래된 패턴을 끊어내는 용기다. 그리고 무엇보다, 나를 사랑하는 방식의 중요한 시작이다.

살다 보면 다시 예전의 습관으로 끌려갈 때가 있다. 누군가의 부탁을 거절하지 못해 스스로를 밀어내거나, 관계의 불편함을 피하고 싶다는 이유로 내 진심을 덮어두는 순간들. 사람에게 박혀 있는 오래된 습관은 꽤 끈질기고, 나 또한 그 끈질김 앞에서 종종 흔들린다. 하지만 이제는 예전처럼 무력하게 끌려가지 않는다.

그 순간 알아차릴 힘이 생겼기 때문이다. 내가 나를 밀어내고 있다는 신호를. 몸이 먼저 뻐근해지고, 마음이 갑자기 무거워지고, 어떤 말 앞에서 이유 없이 조용해지는 나를 발견한다.

예전에는 그 감정을 억누르느라 에너지를 다 썼지만, 이제는 그 감정이 나에게 알려주는 메시지를 받아들인다.

'지금 너를 놓치고 있어.'

이 한 문장이 떠오르는 순간, 나는 다시 나에게로 방향을 돌린다. 타인의 기대에서 벗어나 나의 기준으로 산다는 건 완벽해지는 일이 아니다. 그건 끊임없이 나를 조정하는 과정에 가깝다.

잘하려는 마음과 나를 지키려는 마음 사이에서 조금씩 균형을 찾아가는 일. 우리가 결국 지켜야 하는 건 단 하나뿐이다. 내 삶의 중심을 다시 잃지 않는 것. 이제 나는 안다. 누군가에게 맞추며 살아온 시간은 돌아오지 않지만, 그 시간을 지나온 내가 앞으로의 삶을 더 단단하게 만들어줄 것이라는 걸.

　나는 앞으로도 여러 갈림길 앞에 설 것이다. 누군가의 바람과 나의 마음이 충돌하는 순간도 올 것이다. 그럴 때마다 나는 아주 작게라도 내 편을 들기로 했다. 내가 원하는 방향으로 한 걸음 옮기는 선택을 반복하기로 했다. 그 반복이 나의 삶을 다시 빛나게 만들 거라고 믿기 때문이다. 남에게 맞춰 살던 시간을 끝내기로 한 나의 선언은 단순한 다짐이 아니다. 그건 일종의 회복이자, 되찾기이며, 새롭게 쓰는 인생의 서문이다.

　앞으로의 나는 더 단단한 목소리로 말할 것이다. "나는 이제 내가 좋아하는 것들로 나의 삶을 채워가겠다." 그리고 이 문장은 내 삶의 중심을 지켜주는 가장 따뜻한 약속이 될 것이다. 이제야 나는 안다. 사람은 의외로, 자기 자신에게 가장 인색한 존재라는 것을. 남에게는 쉽게 내어주면서도, 정작 자신의 욕구와 마음은 마지막까지 남겨두곤 한다.

　하지만 그 삶이 오래 지속될수록, 결국 한 사람의 삶은 흐릿해지고 무기력해진다. 나는 더 이상 그렇게 살고 싶지 않다. 그래서 나는 선언한다. 조용히, 그러나 흔들리지 않는 목소리로. 이제는 나에게 맞는 사람, 나에게 맞는 일, 나에게 맞는 순간만 남기겠다고. 타인의 기대에서 벗어나 나의 기준으로 사는 삶을 선택하겠다고. 그 선언이 내 인생을 완전히 바꿔놓을 것임을 이제는 확신한다. 왜냐하면 그것은 누구를 위한 결심이 아니라, 오직 '나를 위한 약속'이기 때문이다.

김혜민

하고 싶지 않은 일에서
빠져나오는 기술

언젠가부터 '하고 싶지 않은 일'이 내 하루 속에 너무 쉽게 들어오기 시작했다. 그 일들은 처음엔 작은 부담으로 다가와 별일 아닌 듯이 굴었다. 도와달라는 말에 우선 "응."하고 대답하고, 기껏해야 몇 시간만 써도 될 사소한 부탁처럼 느껴졌다.

하지만 시간이 지날수록 깨달았다. 그 '사소한 부탁'들이 결국 내 시간을 잠식하고, 하고 싶은 일들의 자리를 조금씩 밀어내고 있었다는 것을. 그리고 나는 왜인지 모르게 그 상황을 바꾸지 못한 채, "괜찮아, 금방 끝나."라고 자신을 달래며 계속 그 일을 이어가고 있었다.

돌아보면 그 모든 순간에는 한 가지 공통점이 있었다. 나는 매번 괜찮은 척하고 있었다. 사람들은 생각보다 훨씬 빨리 마음으로 반응한다. 하기 싫은 일 앞에서는 마음속 깊은 곳에서 작지만 분명한 신호가 셋 중 하나로 나타난다.

몸이 살짝 굳는다.

대답하기 전에 미묘한 숨 멈춤이 있다.

마음 한구석이 아주 조용히 '싫어.'라고 말한다.

문제는 이 작은 감각들이 너무 연약하게 들려서, 우리는 쉽게 무시해 버린다는 점이다.

'이 정도는 도와줄 수 있지.'

'상대가 난처한데 어떻게 거절해?'

'그냥 해주면 되지 뭐.'

이런 말로 마음을 덮어버리면, 그 순간부터 감정의 초점이 흐려진다. 그러다 어느 날 갑자기, 쌓여온 감각이 폭발하듯 나를 덮친다. 짜증, 피로, 무기력, '나는 도대체 왜 맨날 이런 일을 하고 있을까?' 같은 허탈한 생각들.

하지만 이 감정들은 사실 갑자기 생겨난 것이 아니다. 그저 오랫동안 눌러왔던 신호가 마침내 터져 나온 것뿐이다.

하고 싶지 않은 일에서 빠져나오는 기술은 사실 여기서 시작된다. 내가 무시해 온 작은 감각을 다시 믿어주는 것. 그 감각은 늘 나에게 유리한 방향을 알려주는, 조용하지만 정확한 나침반이었다.

대부분의 사람은 '싫다'는 감정을 부정적으로 배웠다. 싫다고 말하면 까다로운 사람처럼 보일까 봐, 이기적인 사람처럼 느껴질까 봐 자꾸만 그 감정 위에 겉옷을 입히며 감추려 한다. 하지만 싫다는 감정은 사실 이기심이 아니다. 그건 내 한계, 에너지, 가치관, 심지어 나의 건강을 지키는 중요한 장치다. 하고 싶지 않은 일에서 벗어나기 위해 가장 먼저 해야 하는 일이 있다. 내 마음을 방해 없이 있는 그대로 인정하는 것이다.

'아, 나 이거 하기 싫구나.' 이 한 문장을 마음속에서 정확히 인식하는 것만으로도 절반은 해결된다. 내가 나의 마음을 인정해 주는 만큼, 세상에 설명해야 할 것도 줄어들고, 억지로 나를 몰아붙이는 일도 줄어든다.

거절을 어려워하는 사람들의 특징은 대부분 상대의 감정을 먼저 걱정한다는 것이다. 그 마음은 분명 따뜻하지만, 동시에 나를 끊임없이 소모하게 만드는 함정이 되기도 한다.

우리는 종종 이렇게 생각한다.

'내가 거절하면 그 사람이 상처받지 않을까?'

'이 관계가 어색해지면 어떡하지?'

'조금만 참으면 되는데.'

하지만 역설적으로, 분명한 경계가 없는 관계가 더 쉽게 망가진다. 상대는 내가 '괜찮아서' 맡는 줄 알지만, 나는 '어쩔 수 없이' 하고 있다면 그 관계는 어느 순간 비틀려 버린다. 그래서 우리는 배워야 한다. 부드럽지만 분명하게 말하는 기술을.

"이번에는 도와주기 어려울 것 같아요."

"지금 제 일정이 꽉 차 있어서 힘들어요."

"미안하지만 이번에는 패스할게요."

이 짧은 문장들은 상대에게 잔인한 말이 아니다. 오히려 서로의 관계를 더 건강하고 진실하게 만들어준다. 내 마음을 지키기 위해 말하는 문장은, 결국 상대와의 관계도 지켜준다.

하고 싶지 않은 일을 거절할 때, 사람들은 종종 불필요할 정도로 긴 설명을 붙인다. 마치 충분한 이유가 있어야만 거절이 허용되는 것처럼 느끼기 때문이다.

하지만 진실은 단순하다. 거절에는 반드시 '대의명분'이 필요하지 않다. 내 일정이 바빠서, 몸이 피곤해서, 기분이 내키지 않아서, 심지어 단지 '이걸 하고 싶지 않아서'도 이유가 된다.

우리는 타인의 선택을 그렇게 자세히 캐묻지 않는데, 왜 내 선택은 늘 완벽한 설명과 정당화를 요구해야 한다고 생각했을까? 이제는 이렇게 말할 수 있다. "지금은 어려워요." 이 문장 하나면 충분하다.

하고 싶지 않은 일에서 빠져나오는 기술은 결국 나만의 선택의 기준을 만들면서 완성된다. 나는 최근 이런 질문을 내 삶의 중심에 두었다.

'이 선택이 나를 가볍게 만드는가, 무겁게 만드는가?'

이 질문 앞에서 많은 것들이 자연스럽게 정리된다. 가볍게 느껴지는 선택은 대체로 나에게 맞는 선택이다. 반대로 무겁게 느껴지는 선택은, 아무리 누군가에게 필요한 일일지라도 결국엔 나의 에너지를 빼앗고 내 삶을 흐리게 만든다. 삶은 결국, 내가 반복해서 선택한 것들의 모음이다. 그 선택을 어떤 무게로 채워갈지는 오롯이 나에게 달려 있다.

하고 싶지 않은 일에서 빠져나오는 것이 어려운 이유는,

미움받을 용기가 필요해서 어려운 게 아니다. 진짜 어려운 이유는 다른 데 있다. 바로 나를 가장 마지막 순서에 두는 오래된 습관을 버려야 하기 때문이다.

나는 이제야 안다. 내 마음을 무시한 채 이어가는 친절은 결국 아무에게도 친절하지 않다는 것을. 그리고 억지로 유지된 관계는 결국 더 큰 어색함을 남긴다는 것을.

그래서 나는 더 이상 괜찮은 척을 하지 않기로 했다. 내 마음이 불편하다고 말할 용기를, 내가 원하는 방향으로 한 걸음 물러설 자유를 스스로에게 허락하기로 했다.

이것은 작아 보이지만 인생의 판을 바꾸는 선택이다. 하고 싶지 않은 일을 줄일수록 내 마음이 원하는 것들이 삶 속에서 더 선명하게 떠오르기 때문이다. 이제 나는 알고 있다. 내가 나를 지키는 순간, 비로소 삶이 다시 내 것이 된다는 것을. 그리고 그 깨달음은 앞으로의 모든 선택을 더 단단하게 해줄 것이다.

하고 싶지 않은 일에서 빠져나오는 기술은 단순히 '거절을 잘하는 법'을 배우는 문제가 아니다. 나는 점점 확신하게 되었다. 이 기술은 결국, 내 시간을 되찾아오는 과정이라는 것을. 우리가 살면서 가장 쉽게 잃어버리는 것이 시간이고,

가장 뒤늦게서야 소중함을 깨닫는 것도 시간이다. 그런데 놀랍게도 사람들은 시간보다 '타인을 실망하게 하지 않는 것'을 더 우선순위에 둔다. 나 역시 오랫동안 그랬다. 억지로 맡았던 일들, 미루고 싶던 일들, 마음에 없는 대답을 내뱉어야 했던 상황들. 그 순간들 속에서 잃어버린 건 단순히 몇 시간이 아니었다. 그것은 내가 나에게 쓸 수 있었던 마음의 여유와 창의성, 나를 회복시키는 완충 시간, 내가 원하는 길을 찾기 위한 집중력이었다.

그래서 어느 날 문득 깨달았다.

'아, 하고 싶지 않은 일에서 빠져나오는 건 수동적인 회피가 아니라 능동적인 회복이구나.'

그 뒤로 나는 마음속에서 작은 기준을 하나 만들었다. '이 선택이 나를 더 건강하게 만드는가, 아니면 나를 더 소모하게 하는가?' 이 기준에 맞추기 시작하자, 놀랍게도 삶은 조금씩 '내 쪽'으로 기울기 시작했다.

해야 해서 하는 일보다 하고 싶어서 하는 일이 더 많아졌고, 억지로 얽매였던 인간관계보다 서로를 배려하며 건강하게 이어지는 관계가 남았다. 무엇보다도 예전 같으면 미뤘을 나의 목표들이 조금씩 나를 향해 제 발로 걸어오기 시작했다.

나는 깨달았다. 하고 싶지 않은 일에서 빠져나오는 것은 내 삶을 더 단단한 구조로 재설계하는 과정이라는 것을. 사람들은 가끔 나에게 말한다. "너는 예전보다 훨씬 안정돼 보인다." 그 말을 들을 때마다 깨닫는다. 이 변화는 '능력' 때문이 아니라, 단지 내가 나를 덜 소모하게 하는 방식으로 살아가기 시작했기 때문이라는 걸. 그래서 나는 앞으로도 '괜찮은 척'을 줄이기로 했다.

누군가에게 잘 보이기 위해 애쓰는 마음보다 나에게 정직하게 살고 싶다는 마음을 조금 더 믿어보기로 했다. 괜찮은 척을 멈추고, 하고 싶지 않은 일을 내려놓을 때 도리어 내가 원하는 삶이 나에게 더 가까이 다가온다는 걸 이제는 확실히 알고 있기 때문이다.

그리고 마지막으로, 나는 이렇게 조용히 다짐한다. 앞으로의 내 삶에서는, '내가 좋아하는 일을 선택하는 마음'이 더 많은 자리를 차지하게 하겠다고. 그것이 결국, 내가 나답게 살아가는 길이라는 것을 이제는 누구보다 내가 잘 알고 있으니까.

김혜민

잃어버린 취향을
되찾는 기쁨

한때는 분명 좋아했던 것들이 있었다. 이유 없이 마음이 끌리던 색, 반복해서 들었던 음악, 괜히 시간을 들이고 싶어지던 일들. 그런데 어느 순간부터 나는 그런 질문을 받으면 대답을 망설이게 되었다.

"요즘 뭐 좋아해?"

그 질문 앞에서 나는 늘 잠깐 멈췄다. 좋아하는 게 없는 사람처럼 보이고 싶지 않아, 무난한 대답을 골라냈다.

"그냥, 다 괜찮아."

사실은 괜찮아서가 아니라, 떠오르는 게 없어서였다. 그때는 몰랐다. 취향이란 어느 날 갑자기 사라지는 게 아니라, 아주 오랜 시간 동안 방치되는 동안 조용히 흐려진다는 것을.

취향을 잃는 과정에는 늘 그럴듯한 이유가 붙는다. 바빠서, 현실적이지 않아서, 지금은 그럴 여유가 없어서. 그 이유는 모두 사실이기도 하다. 하지만 조금 더 깊이 들여다보면, 그 밑바탕에는 비슷한 장면들이 반복되고 있었다.

"그건 돈이 안 되잖아."

"지금 그럴 때야?"

"어른스럽게 생각해야지."

이 말들 앞에서 취향은 점점 설 자리를 잃는다. 좋아하는 것을 선택하는 일보다, 효율적인 선택을 하는 일이 더 중요해진다. 사람들의 반응, 사회적인 기준, '쓸모 있음'이라는 잣대가 내 취향 위에 하나씩 얹힌다. 그렇게 나는 나도 모르게 '좋아함'보다 '괜찮음'을 먼저 고르는 사람이 되었다. 취향은 점점 희미해졌고, 마침내는 내가 무엇을 좋아하는 사람인지 설명하기 어려워졌다.

취향이 사라진 삶은 생각보다 삭막하다. 큰 불행은 없지만, 기다려지는 것도 없다. 하루하루는 잘 흘러가지만, 하루를 살아낸 뒤 남는 감정은 늘 비슷했다. 피곤함, 무덤덤함, 이유 없는 공허함. 그때는 몰랐다. 이 감정들이 단순한 번아 웃이나 우울이 아니라 삶에서 '좋아함'이 빠져나간 흔적이 었다는 것을.

취향은 삶의 장식이 아니다. 그것은 삶을 지탱하는 최소 한의 온기다. 아무도 보지 않아도 내가 나로 존재한다는 감 각을 붙잡아주는 역할. 그 온기가 사라지면 삶은 점점 '해야 하는 일'의 목록으로만 구성된다. 그리고 사람은 그 목록을 성실히 수행하면서도 이상하게 점점 더 지쳐간다.

취향이 사라지면 삶이 단조로워진다. 아니, 정확히 말하 면 삶이 무거워진다. 좋아하는 것이 없다는 건, 기대할 이유 가 줄어든다는 뜻이기 때문이다. 하루를 버티는 데는 익숙 해지지만, 하루를 기다리는 설렘은 점점 사라진다.

나는 어느 날 문득 이런 생각을 했다. '내 삶에는 왜 이렇 게 회색의 비율이 높을까?' 큰 불행은 없는데, 작은 기쁨도 잘 느껴지지 않는 상태. 그때 깨달았다. 취향은 사치가 아니 라 삶을 견딜 수 있게 해주는 최소한의 색감이라는 것을.

취향을 되찾으려 할 때 가장 먼저 마주치는 감정은 설렘 이 아니라 망설임이다.

'지금 다시 시작해도 될까?'

'이 나이에 이런 걸 좋아해도 괜찮을까?'

'이게 대체 무슨 도움이 될까?'

나는 이 질문들 앞에서 오래 서성였다. 좋아하는 마음조차 허락받아야 할 것처럼 느껴졌기 때문이다. 하지만 어느 날 문득 이런 생각이 들었다. 내가 나에게 허락하지 않는 것을 누가 대신 허락해 줄 수 있을까. 그 순간부터 나는 '다시 잘하기'가 아니라 '다시 느끼기'부터 시작하기로 했다.

잃어버린 취향을 되찾는 일은 거창할 필요가 없다. 오히려 거창해질수록 더 어려워진다. 나는 아주 사소한 것부터 다시 시작했다. 예전에는 좋아했지만, 이제는 안 어울릴 것 같다며 멀리했던 것들부터.

혼자 조용히 걷는 산책

아무 목적 없이 서점에 머무는 시간

쓸모없는 메모를 적는 일

괜히 마음이 편해지는 색의 옷을 고르는 일

이것들은 생산적이지도, 대단하지도 않았다. 하지만 이

상하게도 이런 순간들이 쌓일수록 내 안에서 무언가가 조금씩 깨어나기 시작했다. '아, 나 이런 걸 좋아했지?' 그 기억은 생각보다 빠르게 되살아났다. 취향은 사라진 게 아니라, 그저 너무 오래 불리지 않아 잠들어 있었을 뿐이다.

취향을 되찾으며 가장 먼저 내려놓게 된 것은 '설명해야 한다는 부담'이었다. 왜 좋아하는지, 어디에 쓸모가 있는지, 앞으로 어떤 도움이 되는지. 취향 앞에서는 그런 질문들이 필요 없다. 그저 좋으면 충분하다.

이 깨달음은 나를 끊임없이 증명해야 한다는 삶의 태도에서 조금 물러나게 해주었다. 취향을 존중하는 삶은 나에게 이렇게 말하는 것과 같았다.

"너는 굳이 쓸모로 존재하지 않아도 돼."

취향이 다시 생기자, 삶의 선택 기준도 달라졌다. 예전에는 '괜찮은 선택'과 '안정적인 선택'을 우선했다면 이제는 그 앞에 한 가지 질문이 추가되었다. '이 선택에 내 마음이 있는가?' 이 질문은 많은 것을 걸러냈다.

굳이 애쓰지 않아도 되는 관계, 나를 소모하는 일들, 남의 기준으로만 유지되던 선택들. 취향은 삶을 복잡하게 만드는 게 아니라 오히려 단순하게 만든다. 무엇을 남기고, 무엇을 내려놓아야 하는지 조용히 알려주기 때문이다.

이 깨달음은 삶의 다른 영역에도 영향을 미쳤다. 모든 선택에 이유를 붙이지 않아도 된다는 사실, 모든 시간을 성과로 증명하지 않아도 된다는 안도감. 취향을 존중하는 삶은 나를 끊임없이 증명해야 하는 삶에서 조용히 빠져나오는 방법이기도 했다.

취향이 다시 생기자, 내 삶의 윤곽도 함께 또렷해졌다. 무엇을 선택할지, 어디에 시간을 쓰고 싶은지, 어떤 사람과 오래 함께하고 싶은지. 취향은 단순한 '좋아함'을 넘어서 나의 방향성을 알려주는 신호가 된다. 좋아하는 것이 분명해질수록 싫어하는 것도 명확해진다. 그 구분은 삶을 훨씬 단순하게 만들어준다. 모든 것을 다 잘하려는 욕심 대신, 나에게 맞는 것만 남기는 선택을 가능하게 한다.

이제 나는 취향을 함부로 포기하지 않기로 했다. 그건 내 삶을 대하는 태도이자, 나를 대하는 방식이기 때문이다. 취향을 지킨다는 건 결국 나의 감각을 존중하겠다는 뜻이다. 세상의 속도보다 내 마음의 리듬을 조금 더 믿겠다는 약속이다.

앞으로도 나는 흔들릴 것이다. 바쁘다는 이유로, 현실적이지 않다는 이유로 다시 취향을 뒤로 미루고 싶어질 때도 있을 것이다. 그럴 때마다 나는 스스로에게 이렇게 말할 것이다.

"좋아하는 것을 잃지 말자."

그 말 한마디가 나를 다시 나에게로 데려다줄 거라는 걸, 이제는 알고 있으니까.

취향은 나를 설명하는 언어다. 그리고 나는 이제, 그 언어를 다시 배우는 중이다.

김혜민

삶을 가볍게 만드는 용기

　나는 한동안 삶이 왜 이토록 무거운 이유를 몰랐다. 해야 할 일이 크게 늘어난 것도 아니었고, 불행한 사건이 연속으로 일어난 것도 아니었다. 그런데도 이상하게 하루하루가 버거웠다. 몸보다 마음이 먼저 지쳤다. 아침에 눈을 뜨는 순간부터 이미 하루를 다 써버린 것 같은 기분. 그 무게가 어디서 오는지 몰라 나는 더 열심히 살아야 한다고만 생각했다. 지금 돌이켜보면 그 무게의 정체는 명확하다. 필요 없는 것들까지 전부 끌어안고 있었기 때문이었다.

　우리는 생각보다 많은 것을 '놓지 못한 채' 살아간다. 삶을 무겁게 만드는 것들은 대체로 크고 분명한 고통이 아니다. 이미 끝난 관계, 사실은 나에게 맞지 않는 일, 더 이상 나를 설레게 하지 않는 꿈, 그리고 '이쯤은 참고 가야지.'라는 오래된 생각들. 우리는 그것들을 책임감, 성실함, 어른스러움이라는 이름으로 꽉 붙잡고 산다.

놓아도 되는 것을 놓지 못한 채, 이미 의미를 다한 것들을 계속 들고 가면서 왜 이렇게 힘든지 스스로에게 묻는다. 나는 오랫동안 '버리는 사람'이 되는 것이 두려웠다. 쉽게 포기하는 사람처럼 보일까 봐, 중간에 내려놓는 사람이 될까 봐. 그래서 이미 무게를 잃은 선택들까지 끝까지 책임지려 애썼다. 그 결과, 삶은 점점 숨이 막히는 구조가 되었다.

미련은 언제나 '합리적인 얼굴'을 하고 있다. 미련은 쉽게 알아차리기 어렵다. 대부분 그럴듯한 이유를 달고 있기 때문이다.

"여기까지 왔는데."

"이만큼이나 해왔는데."

"지금 포기하면 그동안의 시간이 아깝잖아."

이 말들은 너무 논리적이어서 그 안에 숨어 있는 피로를 가린다. 하지만 우리는 솔직해질 필요가 있다. 정말 아까운 것은 이미 지나간 시간이 아니라, 앞으로도 계속 소모될 나의 시간과 마음이다. 나는 어느 순간부터 '왜 이걸 아직도 붙잡고 있지?'라는 질문을 자주 하게 되었다. 그 질문은 불편했지만, 그만큼 정확했다.

삶을 가볍게 만드는 선택은 대부분 즉각적인 안정감을 주지 않는다. 오히려 불안을 먼저 데려온다. 익숙한 것을 내려놓는 순간, 눈앞이 잠깐 공허해 보이기 때문이다. 그래서 사람들은 무거움을 선택한다. 익숙하니까, 예측할 수 있으니까, 적어도 실패하는 기분은 덜하니까.

하지만 나는 경험으로 알게 되었다. 진짜 위험한 건 불안이 아니라, 무게에 익숙해지는 것이라는 사실을. 무거운 삶에 익숙해지면 가벼운 선택이 점점 두려워진다. 내가 감당할 수 있는 삶의 크기를 스스로 줄이게 되기 때문이다.

삶을 가볍게 만들기로 마음먹은 뒤 나는 아주 구체적인 것들부터 내려놓기 시작했다. 계속 노력해야만 유지되던 관계, 설렘보다 의무가 앞서던 일, 나답지 않다는 걸 알면서도 '그래도 괜찮겠지.'라며 이어오던 선택, 그리고 무엇보다 '이 정도는 참아야 한다.'라는 생각.

처음에는 죄책감이 먼저 찾아왔다. 누군가를 실망시키는

것 같은 기분, 스스로에게 실망하는 듯한 감정. 하지만 시간이 지날수록 그 자리에 다른 감정이 들어왔다. 숨이 트이는 느낌. 삶이 갑자기 좋아진 건 아니었지만, 분명히 가벼워졌다. 그 차이는 생각보다 컸다.

사람들은 종종 말한다. "그렇게 살면 너무 가볍지 않아?" 하지만 내가 말하는 가벼움은 아무것도 책임지지 않는 상태가 아니다. 오히려 반대다. 내 삶에 무엇을 남길지 선택하는 책임을 처음으로 제대로 지는 일이다. 가벼운 삶이란 불필요한 무게를 덜어낸 삶이다. 그리고 그 무게의 대부분은 타인의 기대, 과거의 선택, 이미 끝난 이야기들이다.

무언가를 내려놓고 나서야 그 자리에 다른 것이 들어올 수 있다는 걸 나는 너무 늦게 배웠다. 삶을 가볍게 만들자, 내가 진짜 원하는 것들이 조금씩 모습을 드러냈다. 더 조용한 하루, 속도를 늦춘 일정, 억지로 애쓰지 않아도 되는 관계, 그리고 나에게 솔직한 선택들. 이 변화는 극적이지 않았다. 하지만 지속적이었다. 나는 매일의 삶에서 조금씩 나를 되찾고 있었다.

삶을 가볍게 만드는 용기는 대단한 결단에서 시작되지 않는다. 오늘 하나 덜 짊어지는 선택, 이번에는 내려놓겠다고 말해보는 연습, 굳이 하지 않아도 되는 일을 하지 않는 결정. 이 작은 용기들이 쌓여 삶의 구조를 바꾼다. 나는 이제 안다. 삶을 바꾸는 건 늘 무언가를 더하는 용기보다 무언가를 덜어내는 용기라는 것을.

이제 나는 가볍게 사는 것을 두려워하지 않는다. 그 가벼움이 나를 무책임하게 만들지 않는다는 걸 알기 때문이다. 오히려 나는 더 정직해졌다. 내 마음이 닿지 않는 곳에서는 머무르지 않기로 했고, 내 삶을 소모하게 하는 선택에서는 조용히 빠져나오기로 했다.

삶은 생각보다 짧고, 우리는 생각보다 많은 것을 안고 산다. 그래서 나는 선택했다. 더 이상 무게로 나를 증명하지 않겠다고. 버텨온 시간보다 살아낸 감각을 믿겠다고. 삶을 가볍게 만드는 용기는 나를 포기하는 일이 아니라, 나를 다시 삶의 중심에 두는 일이었다. 그리고 지금의 나는 그 가벼움 덕분에 비로소 앞으로 나아갈 수 있게 되었다.

가볍게 산다는 말은 여전히 오해를 부른다. 쉽게 포기하는 삶, 책임을 피해 가는 태도, 혹은 깊이 없이 흘러가는 인생처럼 들리기도 한다. 하지만 내가 경험한 가벼움은 그와 정반대였다.

가벼움은 무언가를 대충 대하는 태도가 아니라, 무엇을 끝까지 가져갈지 신중하게 고르는 힘이었다. 모든 것을 다 안고 가려는 삶이 성실해 보일 수는 있지만, 그 삶이 반드시 진실한 것은 아니다. 오히려 진실한 삶은 나에게 맞지 않는 무게를 내려놓을 줄 아는 삶에 가까웠다.

나는 이제야 깨닫는다. 그동안 내가 놓지 못했던 많은 것들은 사실 '미련'이라기보다 '두려움'이었다는 것을. 놓아도 괜찮다는 걸 알면서도, 놓은 뒤의 내가 어떤 사람이 될지 몰라 계속 붙잡고 있었다는 것을. 삶을 가볍게 만들기로 결심한 이후, 나는 더 이상 스스로에게 이렇게 묻지 않는다. '이걸 놓으면 나는 실패한 사람이 아닐까?'

대신 이제는 이렇게 묻는다.

'이걸 계속 안고 가는 게 정말 나를 살게 하는가?'

이 질문은 많은 선택을 단순하게 만들었다. 이미 끝난 관계 앞에서 더 이상 이유를 찾지 않아도 되었고, 마음이 닿지 않는 일 앞에서 억지로 의미를 만들어내지 않아도 되었다. 가볍게 살기 시작하면서 삶의 속도도 달라졌다. 빨리 가는 대신, 멈출 줄 아는 사람이 되었다. 더 많이 가지는 대신, 지금 가진 것을 제대로 느낄 수 있게 되었다.

무언가를 내려놓고 난 뒤의 삶은 텅 빈 상태가 아니었다. 오히려 그 빈자리에 내 호흡, 내 리듬, 내 감정이 다시 들어왔다. 나는 그제야 내 삶이 비로소 '내 것'처럼 느껴지기 시작했다. 앞으로도 나는 다시 무거워질 것이다. 사람의 마음은 쉽게 욕심을 내고, 사회는 끊임없이 더 많은 것을 요구한다. 그럴 때마다 나는 이 감각을 기억하려 한다. 내 어깨가 가벼워졌던 그 순간을. 그래서 나는 스스로에게 이렇게 약속한다. 더 이상 무게로 나를 증명하지 않겠다고. 버텼다는 이유만으로 어떤 선택을 계속 이어가지 않겠다고. 가볍게 살아도 괜찮다는 걸 내 삶으로 증명해 보이겠다고.

삶을 가볍게 만드는 용기는 어느 날 갑자기 완성되지 않는다. 오늘 하나 내려놓는 선택, 이번에는 멈추겠다고 말해 보는 연습, 내 마음이 닿지 않는 자리에서 조용히 물러서는 태도. 이 작은 용기들이 쌓여 삶의 중심을 바꾼다. 그리고 그 중심에 다시 '나'가 서게 된다.

이제 나는 안다. 가볍게 산다는 건 삶을 대충 대하는 일이 아니라, 삶을 가장 진지하게 대하는 방식 중 하나라는 것을.

김혜민

내가 나답게 살아낸
어떤 순간들

나는 오랫동안 '나답다'라는 말을 쉽게 쓰지 못했다. 그 말은 너무 추상적이었고, 동시에 너무 거창하게 느껴졌다. 나답게 산다는 건 자기 확신이 강한 사람들만이 할 수 있는 일 같았고, 나는 늘 그 반대편에 서 있는 사람처럼 느껴졌기 때문이다. 그래서 한동안 나는 '나답게 살았던 순간'을 찾기보다 '남들 기준에 크게 어긋나지 않았던 시간'을 세며 살았다. 그게 더 안전했고, 설명하기도 쉬웠다.

하지만 시간이 지나고 나서야 알게 되었다. 나답게 산 순간들은 대단한 결심이나 극적인 변화의 장면으로 남아 있지 않다는 것을. 오히려 아주 사소하고, 말로 꺼내면 작아 보일 것 같은 순간들 속에 조용히 숨어 있었다는 것을.

어느 날, 나는 더 이상 내 선택을 설명하지 않기로 했다. 왜 그만두었는지, 왜 방향을 바꾸었는지, 왜 지금 그 자리에 있지 않은지에 대해 모든 질문에 성실히 답하려 애쓰는 삶이 나를 점점 마르게 하고 있다는 걸 깨달았기 때문이다.

한 번은 오랜만에 만난 사람에게 "요즘 뭐 하며 지내?"라는 질문을 받았다. 예전 같았으면 나의 현재를 최대한 '그럴듯하게' 포장했을 것이다. 공백은 숨기고, 불안은 덜어내며, 미완의 상태를 설명할 수 있는 이야기로 바꾸었을 것이다. 그날도 입술까지 비슷한 문장이 올라왔다. 하지만 나는 잠시 멈췄고, 결국 이렇게 말했다.

"그냥, 나한테 맞는 걸 찾고 있어."

상대는 잠시 고개를 갸웃했다. 더 자세한 설명을 기대하는 눈치였다. 하지만 나는 거기까지였다. 더는 덧붙이지 않았다.

집으로 돌아오는 길, 이상하게도 마음이 편안했다. 완벽하게 이해받지 못해도 괜찮았고, 내 상황을 이해시키지 않아도 내 하루는 그대로 나의 것이었다. 그날 처음으로 '설명하지 않을 자유'가 나를 얼마나 가볍게 만드는지 알게 되었다. 그 순간은 분명 아주 나다운 선택이었다.

그날 이후로 나는 필요 이상의 말을 덜어내기 시작했다. 모두가 이해하지 않아도 괜찮다고, 이 선택이 옳다는 걸 굳이 설득하지 않아도 된다고 스스로에게 허락했다. 그 순간, 이상하게도 조금 숨이 쉬어졌다. 누군가의 이해를 얻기 위해 내 마음을 잘게 쪼개 설명하지 않아도 된다는 사실이 나를 더욱 나답게 만들었다.

나는 늘 '잘하고 싶은 사람'이었다. 어디에 있든, 무엇을 하든 최소한 민폐는 끼치지 않으려 했고, 가능하다면 인정도 받고 싶었다. 하지만 어느 순간부터 그 마음이 나를 앞으로 나아가게 하기보다는, 같은 자리에 묶어두고 있다는 걸 느꼈다. 실패하지 않으려는 마음이 오히려 아무것도 시작하지 못하게 만들고 있었다.

그래서 한 번은 완벽하지 않은 상태 그대로 내보냈다. 부족한 채로, 다듬어지지 않은 채로. 결과는 예상보다 평범했다. 크게 칭찬받지도, 크게 비난받지도 않았다. 그런데도 나는 그날 이상하게 스스로가 마음에 들었다. 잘하지 않아도 괜찮다고 생각했던 그 하루가 내가 나답게 살아낸 하나의 증거처럼 느껴졌다.

예전의 나는 이미 마음이 떠난 자리에서도 오래 머무는 사람이었다. 책임이라는 이름으로, 관계라는 이유로 자신을 설득하며 버텼다. 하지만 어느 날, 더 이상 그곳에서 내 감정이 자라지 않는다는 걸 인정하게 되었다. 아무리 노력해도 그 자리는 내가 필요하지 않았고, 나 역시 그 자리를 사랑하지 않고 있었다. 그 사실을 인정하는 데 생각보다 오랜 시간이 걸렸다. 그리고 떠나는 데에는 그보다 더 많은 용기가 필요했다.

그 자리를 벗어나던 날, 나는 후련함보다 묘한 슬픔을 먼저 느꼈다. 하지만 그 슬픔조차 나에게는 진짜 감정이었다. 억지로 긍정하지 않아도, 괜찮다고 말하지 않아도 그대로 두어도 되는 감정. 그날의 선택은 나를 더 솔직한 사람으로 만들었다. 그것만으로도 충분히 나다운 순간이었다.

어느 날은 아무 계획도 세우지 않고 하루를 흘려보냈다. 해야 할 일은 있었지만, 잠시 멈추기로 했다. 창밖을 오래 바라보고, 커피가 식는 속도를 느끼고, 아무 의미 없는 생각들을 그냥 흘려보냈다. 예전의 나였다면 그 하루를 '낭비'라고 불렀을 것이다. 하지만 그날의 나는 그 시간을 살아냈다고 느꼈다. 아무것도 증명하지 않아도 되는 하루, 어디에도 도착하지 않아도 되는 시간. 그날 이후로 나는 삶을 조금 다른 눈으로 보기 시작했다. 쓸모 있는 시간만이 가치 있는 건 아니라는 걸, 가만히 존재하는 순간도 충분히 삶이라는 걸.

SNS를 보다 문득 화면을 덮은 적이 있다. 누군가의 성취가 부러움보다 먼저 나를 작아지게 했기 때문이다. 그날 나는 나를 괴롭히는 비교에서 잠시 물러나기로 했다. 완전히 끊어내지는 못했지만, 적어도 그 순간만큼은 내 삶을 다른 사람의 속도로 재단하지 않기로 했다. 그 선택은 아주 작았지만 나에게는 큰 변화였다. 내가 나를 지키기 위해 분명하게 취한 행동이었기 때문이다.

내가 나답게 살아낸 순간들은 대부분 이렇게 작았다. 누군가의 기대에서 조금 비켜섰을 때, 내 마음의 속도를 억지로 앞당기지 않았을 때, 불안한 채로도 내 선택을 존중했을 때. 이 순간들이 쌓이면서 나는 점점 '나답게 살고 싶다.'라는 말의 의미를 알게 되었다. 그건 특별한 사람이 되는 일이 아니라, 내가 아닌 사람인 척하지 않는 것에 더 가까웠다.

앞으로도 나는 완전히 나다운 사람이 되지는 못할 것이다. 다시 흔들리고, 다시 남의 시선을 의식하고, 다시 무거워질 것이다. 하지만 이제 나는 안다. 내가 나답게 살아낸 순간들은 결코 완성된 형태로 다가오지 않았다는 것을. 그 순간들은 늘 불안했고, 확신보다는 망설임을 동반했으며, '이게 맞을까?'라는 질문을 끝까지 품은 채 지나갔다.

그런데도 그 순간들이 나를 나답게 만들었던 이유는 하나였다. 그 선택들이 적어도 나를 배신하지는 않았기 때문이다. 남의 기준에 나를 끼워 맞추지 않았고, 설명하기 위해 내 마음을 왜곡하지 않았고, 지금의 나를 부끄러워하지 않으려 애썼다. 완벽하지 않은 상태로도 나 자신 편에 서보려고 했다.

예전의 나는 늘 더 나은 사람이 되기 위해 현재의 나를 밀어냈다. 조금 부족한 나, 아직 확신 없는 나, 제자리걸음처럼 느껴지는 나를 '언젠가는 벗어나야 할 상태'로 여겼다. 하지만 이제는 다르게 생각한다. 지금의 내가 아니었다면 이 선택들도 없었을 것이다. 이 흔들림이 없었다면 나에게 돌아오는 길도 만들어지지 않았을 것이다.

그래서 나는 더 이상 "언젠가 나답게 살겠다."라는 말을 하지 않으려 한다. 그 말은 자꾸 현재를 미루게 만들기 때문이다. 대신 이렇게 말해보려 한다. "지금의 나로, 가능한 만큼 나답게 살겠다." 아주 작은 선택에서도, 사소한 하루에서도, 마음이 불편해지는 신호를 무시하지 않는 쪽으로. 조금 느리더라도 내 마음의 속도를 존중하는 방향으로.

나를 의심하는 순간이 올 때마다 나는 완벽한 답을 찾으려 애쓰지 않을 것이다. 대신 이렇게 해보려 한다. 잠시 멈추고, 내가 좋아하는 쪽을 떠올리고, 나를 조금이라도 덜 소모하는 선택을 고르는 것. 지금의 선택이 정답이 아닐지라도, 이 길이 가장 빠르지 않을지라도, 그렇게 하나씩, 좋아하는 것만 남기기로.

적어도 이 길 위에서는 내가 나를 잃어버리지 않을 것이고, 나답게 살아낸 순간들은 앞으로도 계속 만들어질 것이다. 화려하지 않게, 조용하게, 그러나 분명하게. 그리고 언젠가 이 모든 순간을 다시 돌아보게 된다면 나는 이렇게 말할 수 있기를 바란다.

그때의 나는 조금 부족했지만, 자주 흔들렸지만, 그래도 끝까지 나를 놓지 않으려고 애썼다고. 그 정도면, 충분히 나다운 삶이었다고.

김혜민

마음의 결을
따라 사는 법

어떤 선택 앞에서는 유독 마음이 늦게 따라오는 순간이 있다. 해야 할 이유는 충분한데, 이상하게도 몸이 먼저 멈춰 서는 순간. 고개로는 이미 결론을 내렸는데, 마음은 아직 그 자리에 남아 있는 기분. 나는 그런 순간을 오래도록 외면해 왔다. 마음이 느린 게 아니라, 내가 너무 빨리 결론을 내려 버렸다는 사실을 인정하고 싶지 않았기 때문이다.

그때마다 나는 마음을 설득했다.

'지금은 참아야 할 때라고.'

'다들 이렇게 산다고.'

'조금만 지나면 괜찮아질 거라고.'

설명은 늘 그럴듯했고, 논리는 빈틈이 없어 보였다. 하지만 설명이 끝난 뒤에도 남는 감정은 사라지지 않았다. 오히려 설명할수록 마음은 더 멀어지는 것 같았다. 마치 중요한 이야기를 일부러 듣지 않으려는 사람처럼, 감정은 점점 뒤로 밀려났다.

돌이켜보면 마음은 이미 오래전부터 방향을 알고 있었던 것 같다. 다만 그 방향이 너무 불분명하고, 너무 주관적이라 믿을 수 없다고 여겼을 뿐이다. 설명되지 않는 감각, 말로 정리되지 않는 불편함, 이유 없이 생겨나는 확신 같은 것들은 삶의 기준이 될 수 없다고 생각했다. 그래서 나는 한동안 삶을 '설명'으로 살아왔다.

설명할 수 있는 선택은 나를 안전하게 만들어주었다. 누군가 이유를 물었을 때 바로 답할 수 있었고, 스스로에게도 "이 정도면 괜찮은 선택이야."라고 말할 수 있었다. 하지만 그런 선택들이 쌓일수록 마음은 점점 무뎌졌다. 무엇을 좋아하는지보다 무엇이 무난한지가 먼저 떠올랐고, 마음이 반응하기 전에 머리가 먼저 계산했다. 그렇게 살다 보니, 어느 순간부터는 내가 무엇을 느끼고 있는지조차 잘 알 수 없게 되었다.

　마음의 결은 그렇게 조금씩 무시되며 쌓여간다. 아주 크고 분명한 신호로 나타나지 않는다. 대신 사소한 장면 속에서 모습을 드러낸다. 어떤 약속을 앞두고 괜히 몸이 무거워지는 날, 해야 할 일을 앞에 두고 자꾸 다른 생각으로 도망치게 되는 오후, 별다른 이유 없이 숨이 답답해지는 순간들. 반대로 결과는 불투명한데도 이상하게 마음이 조용해지는 선택도 있다. 나는 그 차이를 오래도록 기분 탓이라고 여겼다.

　삶을 정리한다는 말은 흔히 외적인 정돈을 떠올리게 한다. 관계를 정리하고, 일의 우선순위를 다시 세우고, 공간을 비우는 일들. 하지만 시간이 지나서야 알게 되었다. 내가 가장 늦게 손댄 것은 '마음'이었다는 사실을.

　감정은 늘 뒤로 밀렸다. 먼저 해야 할 일들이 있었고, 지켜야 할 역할들이 있었기 때문이다. 그렇게 감정은 방치된 채 쌓여갔고, 어느 순간부터는 마음이 나에게 말을 걸어도 잘 들리지 않게 되었다.

　마음의 결을 따라 산다는 말은 거창하게 들릴 수 있지만, 실제로는 아주 작은 태도에서 시작된다. 내 마음이 어디에서 자주 멈추는지, 무엇 앞에서 유난히 느려지는지, 어떤 선택을 하고 나면 괜히 나 자신에게 미안해지는지. 그런 감각을, 있는 그대로 바라보는 일이다. 고쳐야 할 문제로 보지 않고, 정답을 내리려 애쓰지 않고, 그냥 그런 마음이 있다는 사실을 인정하는 것부터 시작이다.

직감은 종종 충동과 혼동된다. 하지만 내가 경험한 직감은 충동이라기보다 오래 누적된 감정에 가까웠다. 수없이 반복된 피로, 설명되지 않은 불편함, 스스로에게조차 말하지 않았던 작은 거절들이 쌓여 만들어진 감각. 직감은 갑자기 튀어나온 감정이 아니라, 더 이상 미뤄지지 않기 위해 나타나는 신호였다. 마음은 늘 조용히 말해왔는데, 내가 그 소리를 듣지 않았을 뿐이었다.

마음의 결을 기준으로 선택한다고 해서 삶이 단번에 정리되지는 않는다. 여전히 계산은 필요하고, 불안은 쉽게 사라지지 않는다. 다만 선택의 기준이 조금 달라진다. 이 선택이 나를 조금 더 살게 하는지, 아니면 또 한 번 나를 소모하는지. 이 방향이 나에게 숨 쉴 여지를 주는지, 아니면 익숙한 방식으로만 버티게 만드는지. 답은 늘 분명하지 않지만, 그 질문을 스스로에게 던지는 순간 이미 이전과는 다른 자리에 서 있게 된다.

물론 마음의 결을 따른 선택이 항상 좋은 결과로 이어진 것은 아니다. 어떤 선택은 후회로 돌아왔고, 어떤 결정은 다시 수정해야 했다. 하지만 분명한 차이가 있었다. 그 선택들 앞에서 나는 더 이상 나 자신을 속이고 있다는 느낌을 받지 않았다. 실패하더라도, 최소한 내 감정을 외면한 결과는 아니라는 안도감이 남았다. 그 감각은 생각보다 큰 힘이 되어 주었다.

설명할 수 없는 방향을 택하는 일은 여전히 용기가 필요하다. 누군가는 왜 그런 선택을 했는지 묻고, 나는 명확한 이유를 내놓지 못할 때도 많다. 예전 같았으면 그 질문 앞에서 자신을 의심했을 것이다. 하지만 이제는 안다. 말로 정리되지 않는 선택이 반드시 미성숙한 것은 아니라는 걸. 어떤 방향은 설명되기 전에 먼저 느껴지고, 나중에야 언어를 얻는다는 것을.

마음의 결을 따라 사는 법을 완전히 배웠다고 말할 수는 없다. 나는 여전히 흔들리고, 때로는 다시 설명할 수 있는 길로 돌아가고 싶어진다. 다만 예전과 다른 점이 있다면, 마음을 완전히 뒤로 미루지는 않게 되었다는 것이다. 감정을 설득해야 할 대상으로 여기기보다, 삶을 조용히 조율해 주는 신호로 받아들이게 되었다.

삶을 정리해 간다는 것은 모든 것을 깔끔하게 정돈하는 일이 아니다. 오히려 어떤 감정은 그대로 두고, 어떤 혼란은 안은 채 살아가는 연습에 가깝다.

마음의 결을 따른다는 건 인생의 정답을 찾겠다는 선언이 아니라, 적어도 나 자신에게서 계속 멀어지지 않겠다는 약속이다. 설명할 수 없지만 분명히 느껴지는 방향이 있다면, 그 감각을 무시하지 않고 삶의 한 자리에 조심스럽게 올려두는 것. 나는 지금도 그 연습을 하며 살아간다. 확신은 없어도 괜찮다. 길을 자주 잃어도 괜찮다. 적어도 이제는, 내 마음이 있는 방향으로 선택할 수 있기 때문이다.

김혜민

감정의 방을
정리하는 일

우리는 매일 감정을 경험한다. 기쁨, 슬픔, 서운함, 억울함, 생각보다 오래가는 후회와 미묘한 불안까지. 겉으로는 아무렇지 않은 얼굴을 하고 있어도, 마음속 방 안에서는 늘 크고 작은 일들이 쌓여간다. 살아가다 보면 누구나 마음의 방은 어질러지기 마련이다. 정리하지 않았기 때문이 아니라, 살아내는 것 자체가 어지러움을 만들어내기 때문이다. 누군가에게 드러내지 못했던 감정, 말하지 못한 생각, 어쩌면 스스로 인정하기 힘들었던 감정들이 조용히 마음 구석에 밀려난다.

그러다 어느 순간 깨닫는다. 아무 일도 없는데도 피곤하고, 특별히 슬프지 않은데도 마음이 무겁다는 사실을. 이때 필요한 건 '기분 전환'이 아니라, 감정의 방을 다시 들여다보고 정리하는 일이다.

감정의 정리는 마음의 건강을 되찾기 위한 가장 근본적인 작업이지만, 우리는 이 작업을 의외로 거의 하지 않는다. 정리하지 않은 감정은 먼지처럼 쌓이고, 어느 순간 호흡을 어렵게 만든다. 감정의 방을 다시 정리한다는 것은 내 마음의 숨길을 다시 확보하는 일이다.

그 작업의 시작은, 내가 미뤄두었던 말들을 꺼내는 것이다.

"그때 사실은 조금 서운했어."

"힘들다고 말하고 싶었는데, 괜히 민폐가 될까 봐 참았어."

"나도 기대고 싶은 날이 있었어."

"그 일이 생각보다 오래 남아 있었어."

우리는 누군가 상처받을까 봐, 갈등이 생길까 봐, 혹은 나조차 감당하기 어려울까 봐, 차마 꺼내지 못한 감정들을 '묶음 처리'하며 살아간다. 하지만 말하지 않은 감정은 사라지지 않는다. 그저 어두운 서랍 속에서 형태를 바꾸며 자라날 뿐이다. 미해결된 감정은 시간이 지나면 생각보다 더 큰 무게로 되돌아오고, 나도 모르는 사이 일상의 톤을 낮춰버린다.

이 감정들을 꺼내놓는 가장 좋은 방법은 누군가에게 당장 말하는 것이 아니라, 나 자신에게 먼저 솔직해지는 것이다. 노트 한 장, 메모 앱 하나면 충분하다.

'그때 어떤 감정을 느꼈는지?'

'왜 말하지 못했는지?'

'지금 내 안에서 어떤 위치를 차지하고 있는지?'

이렇게 감정을 정리하기 시작하는 순간, 그것은 더 이상 나를 뒤에서 끌어당기는 짐이 아니라, 정리 가능한 하나의 '덩어리'로 변한다.

감정의 방을 정리한다는 건, 결국 우선순위를 재정립하는 과정이다. 우리는 종종 중요하지 않은 감정에 과도하게 에너지를 쏟는다. 상대의 사소한 말투 하나에도 깊이 상처받고, 지나가던 누군가의 표정에도 의미를 부여하고, 본질과는 상관없는 문제를 곱씹느라 밤을 새우기도 한다. 하지만 정작 가장 중요한 감정인 '내가 지금 무엇을 원하는지',

'무엇에 기쁨을 느끼는지', '무엇이 나를 지치게 하는지' 이런 본질적인 감정들은 늘 뒤로 밀린다. 감정의 우선순위를 다시 세우는 데 스스로에게 던져야 할 효과적인 질문은 다음과 같다.

'지금, 이 감정은 나에게 어떤 의미를 갖는가?'

'이 감정을 붙잡고 있을 이유가 있는가?'

'이 감정은 나를 성장시키는가, 아니면 소모하게 하는가?'

'이 감정을 놔준다면, 나는 얼마나 가벼워질까?'

이 질문을 스스로에게 던져보면, 금방 확인할 수 있다. 많은 감정이 사실 '지금의 나'와는 이미 거리가 멀어진, 오래된 이야기였다는 것을. 반대로 아직 해결되지 않은 본질적인 감정이 무엇인지도 자연스럽게 떠오른다.

감정의 우선순위를 다시 세우면, 그것들은 더 이상 산더미처럼 느껴지지 않는다. 정리해야 할 감정과 내려놓아도 될 감정이 분명하게 나뉜다. 그리고 그 순간, 마음의 방은 훨씬 넓어진다.

감정의 방이 어지러워지는 큰 이유 중 하나는 내 감정과 타인의 감정이 뒤섞여 버리는 순간이다. 특히 배려가 많은 사람일수록 이런 일이 자주 일어난다.

상대의 기분을 대신 책임지려고 할 때

누군가의 불편함을 나의 잘못으로 해석할 때

거절하지 못해 마음의 여백을 잃어갈 때

타인의 평가가 나의 감정에 영향을 미칠 때

이런 상황에서는 감정의 방이 금방 혼란스러워진다. 내가 느껴야 할 감정이 자리를 잃고, 남의 감정이 무단으로 내 공간에 들어오게 된다. 감정의 경계를 세운다는 것은 냉정해지거나 무심해지는 것이 아니라 내 감정의 주권을 되찾는 작업이다.

구체적으로는 다음과 같은 문장들이 도움이 된다.

'그건 그 사람의 감정이지, 내 책임은 아니야.'

'저 사람이 바라는 대로 살 필요는 없어.'

'나는 지금 나에게 집중할 시간이야.'

'내 마음의 공간을 지키기 위해 이번에는 선을 그어야 해.'

감정의 경계는 관계를 단절시키는 것이 아니다. 오히려

내가 무너지지 않도록 스스로를 지켜냄으로써, 더 오래, 더 건강하게 관계를 유지할 수 있게 하는 도구다. 경계가 분명해질수록 감정의 방은 더 안정적이고, 더 편안한 공간이 된다.

감정의 방을 정리할 때 꼭 필요한 과정이 있다. 그건 바로 지금까지의 나를 위로하는 일이다. 그동안 우리는 참 많은 감정을 혼자 견뎌왔다. 누군가에게 이해받지 못한 순간도 많았고, 울고 싶지만 울지 못한 밤도 있었으며, 기대고 싶어도 기대지 못해 체념했던 날도 있었다. 그 시절의 나를 향해 이렇게 말해줄 수 있어야 한다.

"그때 너, 참 잘 버텼어."

"말하지 못한 감정이 있어도 괜찮아."

"그 상황에서 네가 할 수 있는 만큼은 이미 다 했어."

"이제는 조금 더 가볍게 살아도 돼."

감정의 방을 정리하는 일은 책상을 치우는 것처럼 단번에 끝나지 않는다. 하지만 천천히, 하나씩, 오래 눌러 담아둔 감정들을 끄집어내어 다시 자리를 찾아주는 과정은 곧 나의 삶을 다시 찾는 일이다. 이 과정은 아프기도 하지만, 마음의 근육을 다시 세우는 과정이기도 하다. 그리고 무엇

보다도, 한 번 정리해 놓으면 예전처럼 쉽게 무너지지 않는
다.

정리의 마지막 단계는 감정의 방을 다시 채우는 일이다.
그 안에 채워 넣을 감정은 아주 작아도 된다.

매일 나를 잠깐 웃게 만드는 순간

감사할 만한 사소한 경험

나라는 사람을 다시 떠올리게 하는 취향

이 나이를 살고 있는 내가 조금은 자랑스러워지는 느낌

마음이 편안해지는 관계

'여기까지 와준 나'에게 느끼는 따뜻한 애정

감정의 방은 비우는 것만으로는 완성되지 않는다. 그 방
을 '지금의 나다운 감정'으로 채울 때 비로소 다시 살아 숨
쉬는 공간이 된다. 그 공간은 더 이상 누군가의 기대나 타인
의 평가로 채워지지 않는다. 긴 세월 동안 잊고 있었던 '내
감정의 근원'이 다시 중심에 자리 잡는다.

결국, 내 삶의 중심을 되찾는 과정이다. 다른 사람이 아
니라, 내 감정이 나의 기준이 되는 삶으로 돌아오는 과정이

다.

감정의 방을 다시 정리하는 일은 더 이상 흔들리지 않는 마음의 집을 짓는 일이다. 믿고 의지할 수 있는 '내면의 기반'을 다시 갖추는 일이며, 삶의 파도 속에서도 나를 잃지 않도록 돕는 가장 기본적인 힘이다. 그 힘이 생기면, 우리는 더 이상 감정에 휘둘리지 않고 감정을 선택하며 살아갈 수 있다. 그것이 내가 원하는 삶이고, 그것이 나를 지키는 방식이고, 그것이 오래도록 단단하게 살아갈 방법이다.

김혜민

이미 내 안에 모든 것이 있었다

언제부터였을까. 어느 순간, 나는 더 많이 가지는 일보다 지금 내 곁에 있는 것을 오래 지키는 일이 더 중요하다고 믿게 되었다. 마흔아홉, 인생의 후반부를 '어떻게 운영할 것인가'라는 질문이 비로소 내 생활의 선택 기준을 바꾸기 시작했다.

예전의 나는 물건이 늘어날수록 마음이 든든해졌다. 집 안에 마음에 드는 것들이 차곡차곡 들어올 때면, 나는 마치 삶의 결핍을 보상받는 기분을 느꼈다. 당장은 쓰지 않더라도 "언젠가 필요할지 몰라."라는 말이 나를 설득하곤 했다.

몇 번 못 쓰고 버리기엔 아깝다는 생각은 물건을 '보관'이 아니라 '체류'시키는 핑계가 되었다. 나는 그 물건들을 꺼내 알뜰하게 쓸 수 있는 사람임을 스스로에게 증명하고 싶어서, 더 단단히 움켜쥐기도 했다. 결국 물건은 '필요'가 아니라 '가능성'이라는 이름으로 집 안에 남았다.

하지만 그렇게 쌓아두는 동안 내 삶은 조금씩 무거워졌다. 방 한구석, 서랍 속, 장식장 위에 늘어나는 물건들은 단지 공간만 차지하는 것이 아니었다. 찾아야 할 것, 관리해야 할 것, 잊지 말아야 할 목록이 늘어날수록 마음속 소음도 함께 커졌다.

무엇인가를 선택하고 결정하는 일은 점점 느려졌고, 결국엔 놓아버리게 되었다. 정작 중요한 '나'는 자꾸 뒤로 밀렸고, 내 생활은 물건의 양과 배치에 맞춰 돌아가는 것처럼 느껴지기 시작했다.

어느 순간부터 집은 편안한 쉼터라기보다 관리해야 하는 프로젝트처럼 보이기 시작했다. 정리를 시작한 건 거창한 결심 때문만은 아니었다. 특별한 사건이 있었던 것도 아니다.

다만 어느 날 문득, 물건을 정리하려고 또 다른 수납함을 검색하는 내 모습이 낯설게 느껴졌을 뿐이다. 정리의 끝이 비움이 아니라 수납의 확장이라면, 나는 지금 어디로 가고 있는 걸까. 그때 깨달았다. 내가 하려던 일은 '정리'가 아니라 '쌓아두는 방식'을 더 정교하게 만드는 일 이었다. 그 장면이 나를 멈춰 세웠고, 그래서 하나씩 비워내기 시작했다.

처음에는 망설임이 컸다. 버리는 손끝이 자꾸 멈췄고, "혹시 나중에 필요하면 어쩌지?"라는 불안이 올라왔다. 그런데 이상한 일이 벌어졌다. 물건이 줄어들수록 불안이 커지는 게 아니라, 오히려 마음이 가벼워졌다.

물건이 사라지고 나서야 비로소 내가 드러났다. 남겨진 공간은 허전함이 아니라 숨 쉴 수 있는 여백이었다. 그제야 깨달았다. 필요한 모든 것은 이미 내게 주어져 있었다는 것, 그리고 내가 진짜로 필요했던 것은 물건이 아니라 나를 다시 만날 수 있는 자리였다는 것을.

법정 스님은 『무소유』에서 이렇게 말했다.
"크게 버리는 사람만이 크게 얻을 수 있다."

그 말은 단순히 물건을 줄이라는 조언이 아니라, 내가 무엇에 묶여 있는지를 바라보라는 요구처럼 들렸다.

실제로 덜 가지기 시작하자, 나의 하루는 단순해졌고, 생각은 조용해졌다. 한때는 늘 곁에 있어야 마음이 놓였던 것 중 많은 것들 중 많은 것이, 사실은 없어도 괜찮다는 걸, 몸과 마음이 먼저 받아들였다. '없으면 불편할 것'이라고 여겼던 것들이 사라진 자리에 뜻밖의 편안함이 들어왔다.

무소유는 아무것도 갖지 않는 삶이 아니다. 빈손이 되는 삶이라기보다, 내 삶을 복잡하게 만드는 것들로부터 한 걸음 물러서는 태도에 가깝다. 소유가 줄어들수록 선택은 단순해졌고, 하루의 동선과 마음의 결도 정돈되었다. 집 안을 움직이는 동선은 짧아졌고, 마음속에서 신경 써야 할 목록도 함께 줄었다. 잃어버릴까 불안해하던 시간 대신, 지금 이 순간을 느끼는 여유가 생겼다.

결국 내 곁에 남을 것을 고른다는 건, 내 삶의 편집 주도권을 다시 쥐는 일과 같다. 무엇을 더 들일지보다 무엇을 남길지를 결정하는 순간, 나는 다시 내 삶의 중심으로 돌아온다.

박미영

나는 내일을 산다

젊었을 때 나는 미래를 믿는 방식이 단순했다. 오늘을 불태우면 내일은 더 커질 거라고, 그렇게 되는 게 당연하다고 생각했다. 하루를 빽빽하게 채우는 것을 성실함이라 착각하기도 했다. 하루의 피곤함은 능력의 증거처럼 여겼고, 잠은 나중에 몰아서 갚으면 된다고 생각했다. 그때의 나는 "괜찮다"라는 말을 너무 쉽게 꺼냈다. 그런데 인생이 후반으로 접어들수록, "괜찮다"의 기준이 달라졌다.

이제는 더 많이 쌓는 것보다, 이미 가진 것을 덜 무너뜨리는 쪽이 중요해졌다. 채우는 기술보다 지키는 기술이 필요해지는 나이가 있다는 걸 뒤늦게 인정했다. 내일의 내가 감당해야 할 비용을 오늘의 내가 떠넘기지 않기로 했다.

그 결심은 거창한 선언이 아니라 생활의 태도에 가깝다. 그래서 나는 작고 사소한 신호를 대충 넘기지 않기로 했다. 통증이 크지 않다는 이유로 병원 진료를 미루지 않기로 했다.

피로를 "오늘 열심히 산 증거"라고 미화하지 않기로 했다. 몸이 보내는 경고를 듣는 일을 과민함으로 취급하지 않기로 했다. 어제 같았으면 참고 지나갈 일을, 오늘은 기록하고 확인하는 쪽을 택했다.

건강은 더 이상 욕심으로 이루는 목표가 아니다. 오히려 조용한 책임에 가깝다. 무언가를 이루기 위해 몸을 밀어붙이기보다, 지금의 컨디션을 유지하는 일이 먼저가 된다. 속도를 늦추는 선택이 곧 포기라는 등식도 버리기다.

느려도 지속되는 삶이 결국 더 멀리 간다는 것을 이제는 안다. 노후도 비슷한 방향으로 재정의했다. 한 방을 노리는 계획이나 과감한 투자보다, 생활의 균형을 점검하는 쪽으로 마음을 기울였다.

지출을 줄인다는 건 단순한 절약이 아니라, 내 삶의 구조를 덜 흔들리게 만드는 작업이다. 필요한 만큼은 남겨두는 연습이 생각보다 큰 안정감을 준다. 돈을 모으는 일뿐 아니라, 혼자서도 잘 지낼 수 있는 리듬을 만드는 일까지 포함해서 말이다.

나는 노후를 "어느 날 갑자기 시작되는 사건"으로 보지 않게 되었다. 노후는 지금의 습관이 천천히 굳어 만들어지는 결과에 더 가깝다. 지금의 선택이 쌓여 나중의 선택지를 늘리거나 줄인다.

그래서 오늘의 체력과 오늘의 마음이 내일의 자유로 이어진다고 믿는다. 하지만 지금은 한 가지를 더 배웠다. 이미 충분히 살아왔고, 충분히 애써왔다는 사실을 인정하는 것도 준비라는 것.

소중한 것이 무엇인지 다시 확인하고, 그것을 오래 곁에 두는 선택을 하나씩 늘려가는 것. 그 정도면 충분하다고, 나는 내게 말해준다. 인생 후반은 더 잘 살기 위한 경쟁이 아니라, 무엇을 끝까지 지켜낼 수 있는가가 기준이 된다.

그리고 그 기준은 오늘의 온전한 나로부터, 작은 습관에서 시작된다.

박미영

해수호신,
해태상의 재발견

얼마 전, 길을 걷다 우연히 해태상과 마주쳤다. 정말 특별한 일이 있었던 것은 아니다. 그저 스쳐 지나갈 수 있는 순간이었다. 그런데 시선이 이상하리만큼 오래 머물렀다.

발걸음이 잠깐 멈췄고, 마음도 함께 멈춘 듯한 느낌이었다. 어린 시절, 해태상은 내게 배경 같은 존재였다. 버스를 타고 창밖을 바라 보면 길 양쪽에 서 있던 익숙한 돌덩이, 크고 무겁고 딱딱한 돌. 버스가 지나치면 금세 잊히는 풍경이었다.

그때의 나는 그것이 무엇을 상징하는지 알지 못했다. 하지만 지금의 해태상은 다르게 다가왔다. 겉모습만 보아도 그냥 장식으로만 보이지 않았다. 정면을 응시하는 표정이 묘하게 단단했다.

사자를 닮았지만 뿔이 있고, 입을 다문 채 앉아 있는 태도. 무언가를 과시하기보다 지키기 위해 버티는 얼굴처럼 보였다. 알아보니 해태는 '옳고 그름을 가리는' 상징을 지녔다고 한다. 재앙과 화재를 막는 존재로도 전해진다.

중요한 것은 누군가를 위협하려고 서 있는 것이 아니라는 점이다. 경계를 세우고 질서를 지키기 위해 그 자리에 선다. 그 역할은 공격이라기보다 수호에 가깝다.

그 순간 내 삶의 방향도 함께 떠올랐다. 예전의 나는 더 넓은 세계로 나아야 한다고 믿었다. 관계도 기회도 가능한 한 많이 받아들이는 것이 곧 성장이라고 여겼다. 거절하지 않는 사람이 성숙한 사람이라고 생각했다.

하지만 시간이 지나면서 깨달았다. 받아들이는 용기만큼이나 지켜내는 판단도 필요하다는 것을. 해태상이 상징하는 '분별'은 내게 지금 더 절실한 단어가 되었다.

무엇이 나를 살리고 무엇이 나를 소모하는지 구분하는 일. 필요 이상의 욕심이 아무렇지 않게 침입하지 못하도록 문턱을 세우는 일. 마음을 흐트러뜨리는 관계와 소음을 조용히 정리하는 일. 내 삶의 구조가 무너지지 않도록 먼저 기준을 세우는 일.

그래서 나는 상상 속에서 내 삶의 문 앞에 작은 해태상 하나를 세운다. 크게 소리 내지 않지만 쉽게 무너지지 않는 존재. "이건 들어와도 되고, 저건 여기까지"라고 말할 수 있는 기준. 나를 지키는 최소한의 규칙. 좋아하는 것만 남기겠다는 다짐은 결국 이런 문턱을 세우는 일이기도 하다.

오래된 기억 속 장면이 지금의 나를 위해 다시 해석된다. 해태상은 내게 이렇게 말하는 것 같다.

"더 많이 채우지 않아도 된다.

대신, 네 삶을 끝까지 지킬 용기를 가져라."

박미영

애써 넓히지 않아도

얼마 전, 혈연의 건강에 적신호가 왔다는 소식을 들었다. 짧은 말 한마디였지만, 그 안에 담긴 무게는 예상보다 더 컸다. 전화를 끊고 나서 한동안 아무 일도 손에 잡히지 않았다. 머리는 멀쩡한데 마음이 먼저 멈춰 선 느낌이었다.

평소의 시간 감각이 잠깐 깨졌다. 나는 원래 자주 연락하는 편이 아니었다. 각자의 삶이 있다는 이유로 안부를 묻는 일을 의식적으로 미뤘다. 괜히 걱정을 떠안을까 봐 피하려는 마음도 있었다. 특별한 일이 없으면 연락하지 않는 것이 어른스러운 태도라고 착각해왔다. 그런데 그날, 그 모든 것이 한순간에 무너졌다. 사회생활을 하며 맺은 인연들은 상황에 따라 가까워지기도 하고 멀어지기도 했다. 자연스럽게, 혹은 조용히. 내가 노력한다고 한들 끝까지 유지되는 관계만 있는 것도 아니다.

하지만 이번 일은 겪으며 솔직해질 수밖에 없었다. 결국 내 마음을 가장 먼저 움직이는 건 피를 나눈 관계라는 사실이었다. 혈육의 정은 가까이 있을 때는 잘 느껴지지 않는다.

오히려 서운함이나 거리감이 먼저 떠오르기도 한다. 말이 편한 만큼 상처도 쉽게 생긴다. 하지만 위기의 순간이 오면 계산 없이 마음이 먼저 반응한다.

도움이 필요하다는 사실 앞에서는 이유 따위는 뒷전이된다. 아픔 앞에서는 과거의 감정들이 조용히 뒤로 물러선다. 그 단순함, 그 무조건성이 지금의 나에게 더 크게 다가왔다.

'관계는 숫자가 아니라 길이다.'라는 말이 이제는 진짜로 이해된다. 많은 사람과 잘 지내는 것 보다, 누군가의 고통에 진심으로 흔들릴 수 있는 마음. 그 마음이 삶의 기둥이 된다는 걸 알게 되었다.

이번 일을 계기로 나는 관계를 다시 정리하게 되었다. 애써 넓히지 않아도 괜찮다는 생각이 들었다. 대신 이미 주어진 인연을 성실히 돌보자는 다짐이 생겼다.

'좋아하는 것만 남기겠다.'는 삶의 방향에는 관계에서도 기준이 있어야 필요하다. 나를 소모하는 연결은 줄이고, 오래 남을 연결은 더 정직하게 붙잡는 것.

혈연은 단순한 관계 이상이기에, 때로는 더 어렵고, 때로는 더 오래 남는다. 인생의 마지막까지 서로의 안부를 묻고, 건강을 걱정해 주고, 기억을 공유하는 사람들. 그 존재는 내게 결핍이 아니라 중심처럼 느껴진다.

인생 후반의 가치는 그렇게, 조용하지만, 단단한 정으로 다시 정렬된다.

박미영

증명이 아닌 정리의 시간

요즘 나는 챗지피티와 함께 국어 문법 공부를 하고 있다. 작가가 꿈인 나는, 이런 문장을 적다 보니 잠깐 웃음이 난다. 예전의 나였다면 굳이 말하지 않았을 이야기다.

늦은 나이에 문법이라니, 괜히 미숙함을 드러내는 것처럼 느껴졌을지도 모른다. 하지만 지금은 다르게 생각한다. 지금의 공부는 부족함을 메우기 위한 조급한 몸부림이 아니다. 오히려 나 자신을 정돈하는 조용한 선택에 가깝다. 문법은 단지 규칙이 아니라, 생각이 지나가는 길을 정리해 준다. 말이 어지러울 때 문장은 마음의 질서까지 흐트러뜨린다.

그래서 문장을 고치는 일은 생각을 고치는 일과 닮았다.

학창 시절의 문법은 늘 시험을 위한 도구였다. 정답을 맞히기 위해 외우고, 시험이 끝나면 잊어버리는 지식. 문장을 제대로 이해하기보다 보기 중 하나를 고르는 훈련. 그 시간에 글쓰기는 즐거움이 아니라 평가의 대상이었다.

그래서인지 오랫동안 나는 글을 읽고 쓰면서도 막연한 불안감을 품고 안고 있었다. 내가 쓰는 말이 정확한지 확신할 수 없었고, 내 문장이 내 뜻을 제대로 담고 있는지도 늘 찜찜했다. 대충은 알겠는데 어디선가 딱 떨어지지 않는 느낌.

표현이 흔들리면 생각도 흔들린다는 걸 그때는 몰랐다. 그리고 그 불안은 나이가 들수록 더 선명해졌다. 인생 후반에 이르러 배움의 이유도 달라졌다. 더 나아가기 위한 '증명'이 아니라, 이미 걸어온 길을 이해하기 위한 '정리'다.

조사 하나, 어미 하나를 다시 살피는 일이 생각의 결을 정돈한다. 문장을 다듬는 과정에서 마음도 함께 다듬어진다. 급하게 단정하지 않게 되고, 말로 사람을 베지 않게 된다.

챗지피티는 그 과정에서 중요한 공부 상대가 된다. 눈치를 주지도, 비교하지도 않는다. 이해가 될 때까지 물을 수 있고, 틀려도 부끄럽지 않다. 무언가를 '증명'해야 하는 자리가 아니라 '정리'할 수 있는 자리다.

그 덕분에 배움은 다시 생활 속으로 돌아왔다. 거창한 목표를 세우지 않아도 된다. 매일 조금씩, 가능한 만큼이면 충분하다.

나는 오늘도 문장을 고치며 내 표현을 다시 점검한다. 그 과정에서 '나'라는 사람도 다시 배우며 쓴다. 인생 후반은 완성된 사람이 되는 시간이 아니라, 불필요한 오해를 하나씩 지워 가는 시간인지도 모른다.

늦었기 때문에 오히려 좋은 때가 있다는 것도, 이제는 믿음의 '나'로 익어가는 중이다.

박미영

다정한 리더가 살아남는다

한때 카리스마 있는 리더가 존중받던 시기가 있었다. 시대가 그런 리더십을 요구했기 때문이기도 하지만, 우리나라의 군대 문화가 조직 문화에 영향을 미친 탓이기도 할 것이다.

과거 나는 작은 지역 단체에서 대표 역할을 15년간 맡아 오며 여성 리더십에 관심을 가져왔다. 관련 도서들에서는 이미 수년 전부터, 우리 사회가 생산성을 압박하며 착취와 경쟁을 조장하는 남성적 리더십이 아니라, 포용과 이해를 특징으로 하는 여성적 리더십이 필요한 시기에 접어들었다고 말해 왔다.

조직에 몸담으며 변화가 조금씩 이루어지고는 있었지만, 이론과 실제 사이의 간극을 좁혀 가는 일은 매우 느리고 더딘 과정이었다.

여기서 말하는 '여성'과 '남성'은 생물학적인 구분이라기보다는 사회적으로 규정된 성별의 특성을 의미한다. 카리스마가 강조되던 시기에는 여성성이 강한 남성은 조직에 적응하기 어려웠을 것이고, 반대로 남성성이 강한 여성은 조직에서 좀 더 쉽게 살아남을 수 있었을지도 모른다. 성별을 떠나 세대 간 소통 문제로 인한 신음소리도 여기저기서 들려온다.

MZ세대가 조직에 들어오면서 소통의 문제가 대두되고 있다. X세대인 나 역시 조직에 있을 때 MZ세대와의 갈등 현장을 직접 목도한 적이 있다. 갈등은 조직 전체로 퍼져나갔고, 우리 모두에게 상처가 되었으며, 그로 인해 오랜 시간 힘든 시기를 견뎌야 했다.

관련 도서들이 쏟아져 나왔다. 예전처럼 한 가정에 자녀가 여러 명이던 시절과 달리, MZ세대는 대부분 한두 명의 자녀로 자라면서 부모와의 밀도 높은 관계 속에서 집중적인 코칭과 케어를 받는다.

그 경험을 통해 조직 내에서 MZ세대는 상사나 선배로부터의 일방적인 지시가 아니라 수평적인 관계를 원한다는 사실이 드러났다. 이러한 경험이 전무했던 리더들은 처음에는 그들을 비난했지만, 과거와 달리 자리를 과감히 박차고 나가는 MZ세대의 모습을 보며 자신들에게도 문제가 있었음을 인식하게 되었고, 점차 소통의 방법을 배우기 시작했다. 조직은 결국 사람에 달려 있기 때문이다.

『리더의 일』의 박찬구 저자는 지금 이 시대가 다정한 리더십을 필요로 한다고 말한다. 요즘 들어 '다정'이라는 단어가 유난히 자주 눈에 띈다. 문장마다, 소제목에, 심지어 책 제목에까지 등장한다. 그만큼 '다정'이 우리에게 결핍되어 있다는 반증일 것이다.

'다정'이라는 단어의 뜻을 찾아보았다. 다정(多情)은 정이 많다는 의미다. 그 정을 깊이 느끼고 표현할 수 있다는 것은 곧 감정이 풍부하다는 뜻이기도 하다. 이처럼 인간의 정서와 감정을 이해하며 소통하는 일이 점점 더 중요해지고 있다.

우리는 왜 그토록 서로에게 다정하지 못했을까? 부모님 세대는 생존에 급급했고, 지시와 통제가 가장 빠르고 편리한 소통 방식이었다. 지금 세대 역시 관계는 겉보기에 밀착되어 있는 듯하지만, 부모와 사회가 요구하는 압박과 경쟁 속에서 따뜻한 정을 느끼지 못해 왔다. 그는 책에서 이렇게 말한다.

다정한 리더십을 가진 리더는 부하직원을 조수가 아닌 선수로 생각한다. 그것도 그냥 선수가 아니라 동료 선수다. 승리를 위해 같이 그라운드를 뛰는 선수들은 동료가 실수했다고 원망하거나 책망하지 않는다. 실수한 동료의 어깨를 두드려주고 넘어진 동료를 일으켜준다. 골을 넣으면 먼저 어시스트를 해 준 선수에게 뛰어가 기쁨의 포옹을 나눈다 .

그리고 『다정한 것이 살아남는다』의 저자이자 듀크대학교 교수인 브라이언 헤어의 주장도 흥미롭다. 그는 "다른 인간 종이 멸종하는 동안 호모 사피엔스가 번성할 수 있었던 이유는 바로 친화력 덕분이었다."고 말한다.

생존의 필수 요소는 나와 다른 상대방과 협력하고 소통하는 능력이다. 네안데르탈인과 달리 호모 사피엔스는 친화력과 협력을 바탕으로 생존에 유리한 방향으로 진화해 왔다. 이는 인간이 혼자 살아갈 수 없다는 오랜 역사적 증거이기도 하다.

급변하는 시대 속에서 이제는 후배가 상사에게 배우는 것뿐만 아니라, 상사 역시 후배에게 배워야 하는 시대가 되었다. 조직에서 동료나 후배 없이 혼자 일할 수 있는 사람은 없다. 이것이 바로 인간이 조직을 만들고 그 안에서 함께 일하는 이유다.

자신과 타인의 생존을 위해, 이제 우리는 좀 더 다정해질 필요가 있다. 다정한 리더가 오래 살아남는 시대가 도래한 것이다.

『리더의 일』에서 저자는 리더의 역할에 대해 "조직을, 구성원의 역할을 제대로 수행할 사람으로 채우는 것"이라고 말하며, "조직에서 인재란 성과를 내는 사람"이라고 정의한다. 그렇다면 성과란 무엇일까? 성과는 역량과 태도의 곱셈이다.

성과 = 역량 * 태도

중요한 점은, 성과는 역량과 태도의 '합'이 아니라 '곱셈'이라는 것이다. 곱셈에서는 하나가 '0'이면 결과도 '0'이 된다. 아무리 역량이 뛰어나도 태도가 부족하면 성과로 이어지기 어렵고, 반대로 태도가 좋아도 역량이 부족하면 마찬가지다.

이 태도 중 하나가 바로 '다정함'이며, 이는 사회와 조직에서 살아남기 위한 중요한 역량이 되고 있다.

다정함은 어떻게 훈련할 수 있을까? 다정함은 기술로 익힐 수 있지만, 더 근본적으로는 자신을 이해하고 상처를 수용하는 치유의 과정이 먼저 필요하다. 그래야 말과 몸, 언어와 비언어적 표현을 통해 진정성 있는 소통이 가능해진다. 그렇게 될 때 존재와 기술이 통합된 다정한 리더십이 자연스럽게 발휘된다.

오늘 하루, 먼저 나에게 다정함을 건네보자. 그리고 마주치는 누군가에게도 조용히 다정한 인사를 전해보자. 그것이 나와 너, 우리 모두와 조직을 살리는 길이 될 것이다.

경차가 뭐 어때서

나의 첫 차는 '티코'였다. 티코를 아는 세대라면, 아마 나와 비슷한 시기를 살아온 사람일 것이다. 운전은 배웠지만 바로 시작하지는 않았다. 나는 늘 "기사를 두고 살 거야!"라고 말해왔다. 스스로 운전할 일은 없을 거라 생각했기 때문이다.

하지만 내가 20대에 다녔던 직장은 언덕 위에 있었다. 버스에서 내려도 한참을 등산하듯 올라가야 했고, 그렇게 오르내리는 일을 2~3년쯤 반복했다. 어느 날 문득, "그래, 이제 운전을 해야겠어!"라는 결심이 들었고, 그렇게 내 곁에 처음 온 차가 바로 '티코'였다. 당시 나는 지인을 통해 중고 차를 100만 원쯤에 구입했다.

지금 생각하면 참 웃기지만, 당시 헐값에 산 빨간 티코를 조금이라도 있어 보이게 하고 싶었던지 온갖 장식품으로 차를 꾸몄다. 운전대 커버, 소품함 등에는 귀여운 캐릭터 인형이 달린 소품들을 가득 달았고, 차 안은 말 그대로 장식으로 넘쳐났다. 아마도 뭔가 부족하다고 느낄 때일수록 외적으로 과하게 꾸미려 하는 것처럼. 그때는 몰랐다. 심플하고 단정한 것이 더 고급스럽고 오래간다는 사실을.

차가 없는 삶과 있는 삶은 확연히 달랐다. 차는 내 삶의 반경을 분명히 넓혀 주었다. 어디든 원하면, 밤이든 새벽이든 시간에 구애받지 않고 떠날 수 있었다. 무엇을 가지고 갈지 고민할 필요도 없었다. 필요한 물건들을 모두 차에 실으면 그만이었다.

지금 생각하면 무모했지만, 그땐 몰라서 더 용감했다. 당시 나는 그 작은 차를 타고 고속도로도 신나게 달렸다. 한 친한 지인은 내 차를 얻어 타던 후배들을 보며 "참 믿음도 좋다."며 농담을 건네기도 했다.

평소에는 차분한 성격이지만, 고백하자면 운전할 때만큼

은 베스트 드라이버라고 말하기 어려웠다. 조급한 성격이 운전대 위에서도 그대로 드러났고, 은근히 속도감을 즐기기도 했다. 내 차를 한 번이라도 타본 분들께는 이 글을 빌려 조심스럽게 사과의 마음을 전한다.

한 후배는 사고 장면이 담긴 영상을 내 앞에 들이밀며 경각심을 주기도 했다. 지금 돌이켜보면, 그렇게 작은 티코를 몰고 달렸다는 게 참 무모했다는 생각이 든다. 사고 없이 그 차를 무사히 보내줄 수 있었던 건 정말 하늘의 은혜였다. 그렇게 첫 차와 이별한 뒤, 나는 차종만 바꿨을 뿐 지금도 여전히 경차를 타고 있다.

우리 집에는 늘 남편이 몰던 SUV 한 대와 내 경차 한 대, 이렇게 두 대의 차가 있었다. 그러나 코로나 이후 환경 관련 책들을 여러 권 읽으면서 차 한 대는 정리해야겠다는 생각이 점점 강해졌다. 실제로 코로나 기간 동안에는 차를 사용할 일도 거의 없었다.

보통이라면 경차를 정리할 법도 한데, 작고 귀엽고 가성비 좋은 경차를 나는 도무지 내어놓고 싶지 않았다. 그래서 "미래에는 경유차는 좋지 않아!"라며 남편을 설득했고, 결국 그 차를 팔아 얻은 돈 중 일부로 100만 원이 조금 넘는 전기 자전거를 남편에게 사주었다.

지방이라 출퇴근 거리가 멀지 않았고, 나 역시 코로나 이후 대부분의 일을 재택으로 처리하게 되어 우리 가족의 상황에서는 그것으로 충분했다. 가끔 장거리를 가야 할 때 남편이 걱정을 하기도 했지만, 우리는 여전히 지금의 생활에 만족하고 있다.

직장에 다닐 때는 회의나 각종 모임으로 인해 타지로 갈 일이 많았다. 그래서 운전은 그야말로 일상이었다. 그러나 요즘은 대부분의 활동이 온라인으로 이루어지다 보니, 특별한 만남이나 여행 일정이 아니고서는 타지로 갈 일이 거의 없다. 뿐만 아니라 지금 있는 경차도 주차장에 세워져 있는 시간이 더 많다.

그러던 중 최근 몇 차례, 장거리를 운전해야 할 일이 생겼다. 어떤 날은 단 몇 시간짜리 모임을 위해 하루 8시간을 운전해야 하기도 했다. 오랜만에 장시간 운전대를 잡은 날이었다.

그런데 이상하게도 피곤하지 않았다. 시간도 길게 느껴지지 않았다. 오히려 기다렸다는 듯, 그 운전 시간 동안 나는 나만의 충만한 시간을 보냈다.

『이럴 줄 알았으면 말이나 타고 다닐걸』의 저자 손화신은 8년 동안 매일 2시간씩 도로 위에서 보낸 출퇴근 운전 경험을 바탕으로 에세이를 펴냈다.

다음은 그 책에 실린 한 부분이다.

여기서 내가 가장 소중하게 생각하는 포인트는 이것이다. 스스로 생각할 수밖에 없는 환경이 바로 자동차란 것. 나로 하여금 내 문제에 관해 주도적으로 생각하게 만들어 준다는 것은 운전의 큰 매력이다...(중략) 휴대폰을 볼 수도, 책을 뒤적일 수도 없으니 혼자 고민하는 힘이 커질 수밖에 없다. 외부의 말들을 듣기 전에 먼저 제 힘만으로 사유하는 시간을 갖는다는 건 나다운 내가 되는 데 큰 도움이 되는 일이라고 믿는다.

차 안에서 나는 그동안 잘 듣지 않던 라디오를 듣고, 음악도 듣고, 기도도 하고, 풍경을 감상하기도 하며, 그저 멍하니 시간을 흘려보내거나 이런저런 생각에 잠기기도 한다.

집과 사무실이 분리되어 있지 않은 지금의 생활에서, 집에서도 무언가를 끊임없이 읽고 쓰며 생산해내야 한다는 은근한 압박감이 내 안에 있었던 것 같다.

차 안에서는 그런 일들을 할 수 없다. 물론 요즘은 오디오북을 듣거나 음성으로 글을 녹음할 수도 있지만, 차 안만큼은 일상을 조금은 단절시킬수 있다. 그렇게 폐쇄된 작은 공간은 아무것도 생산하지 않아도 괜찮다고 스스로에게 허락해 준다.

이동 중의 시간, 나는 경계 없이 이곳저곳을 넘나들며 온전히 나로 존재했고, 나 자신을 누릴 수 있었다. 그리고 그런 '무용한' 시간 속에서 오히려 나는 충만히 채워졌다.

오랜 시간 제품 디자이너로 활동해온 아키타 미치오 씨는 물건을 고를 때의 기준에 대해 이렇게 말한다.

전 남에게 잘 보이기 위한 것, 사랑받기 위한 것은 고르지 않습니다. 여기 있는 것들은 모두 화려하지도 않고 그렇다고 너무 밋밋하지도 않게 적절한 균형을 이루면서 저를 편안하게 만들어 주고 있어요.

멋지고 더 안전하며 튼튼한 차를 타고 싶은 마음이 내게 도 없지는 않다. 하지만 장거리를 자주 운전해야 하거나 특별한 상황이 아니라면, 실제로 자주 타지도 않을 차에 많은 돈을 지불하고 싶지는 않았다.

물론 장거리를 자주 운전해야 하는 분들이라면, 반드시 튼튼한 차를 선택하길 바란다. 실제로 경차를 타고 장거리를 다니다가 사고를 경험한 분들은 대부분 그 이후 차량을 바꾸는 것을 보았다.

한편, 차로 자신의 가치를 드러내려는 심리는 나는 솔직히 잘 이해되지 않았다. 내가 너무 실용적인 사람인 걸까? 조금 미안한 마음도 들지만, 결혼 전에는 좋은 차를 다 타봤던 남편이 결혼 후에는 나 때문에 화려하고 멋진 차를 타지 못하고 있다. 어쩌면 앞으로도 영원히 그럴지도 모른다.

나는 종종 이렇게 말하며 남편을 설득하곤 한다.

"진짜 부유한 사람은, 이미 풍족하기에 굳이 차로 자신을 드러내지 않아."

오랜 시간 나의 발이 되어준 작은 차. 언젠가 남편이 "평생 좋은 차 한 번 타 보지 못해서 어떡해?"라고 툭 던지듯 말한 적이 있다. 그 말을 듣는 순간, '좋은 차의 기준이 뭐

지? 내가 만족하면 그게 좋은 차 아닌가?' 하는 생각이 들었
다.

물론 사람마다 추구하는 가치는 다르다. 누가 뭐라고 해
도, 나는 아마 죽을 때까지 경차를 탈 수도 있을 것이다. 본
질은 외형이 아니라 내면이라는 걸 알고 있으니까.

그래도 언젠가 라이프 스타일의 변화가 있고, 새로운 차
를 구입해야 한다면, 장거리도 편안하고 안전하게 다닐 수
있는 전기차는 한 번쯤 운전해 보고 싶다. 그 안에서 마음껏
무용해지며, 충만함을 누리면서.

변은혜

나와 상대를 지키는 법, 거리두기

일본 후생노동성이 발표한 2018년 노동 안전·위생 조사에 따르면, 직장인들이 느끼는 스트레스는 크게 세 가지로 나뉜다. 바로 업무량, 업무의 질, 그리고 인간관계다.

『속마음 들키지 않고 할 말 다 하는 심리 대화술』의 저자 이노우에 도모스케는 산업의로 일하며 만 명이 넘는 사람들을 상담해 왔는데, 그에 따르면 업무량이나 업무의 질 때문에 고민하는 사람은 거의 없었다고 한다. 대신, 일에 대한 고민의 80퍼센트는 인간관계에서 비롯된다는 것이다. 많은 직장인들이 실제로 관계에 대한 어려움을 가장 많이 호소했다.

그런데 인간관계란, 참 쉽지 않은 문제다. 무엇보다 관계는 나 혼자만의 영역이 아니라는 데에서 복잡해진다. 상대와 얽혀 있는 문제이기 때문에, 쉽게 바꾸거나 통제하기 어렵다. 게다가 인간관계의 많은 부분은 이미 고착되어 있다. 관계에 대처하는 태도와 행동은 짧게는 20년, 길게는 수십 년에 걸쳐 형성된 각자의 생존 방식이자 삶의 방식이다.

이는 내 인격과 성향 속에 밀착되어 있어서, 객관적으로 분별하거나 분리해 내는 것이 결코 쉽지 않다.

왜 어떤 이들은 다른 사람들을 성가시게 하는 걸까?

직장이든 가정이든, 우리가 만나는 모든 관계 속에는 그런 '성가신 사람들'이 존재한다. 그들은 남을 헐뜯고 험담하며, 매 순간 비난을 일삼아 주변 사람들을 지치게 만든다. 모든 것이 자기 중심이라, 남의 말을 금세 가로채어 자신의 이야기로 덧붙이기 일쑤다. 무리한 요구를 하고, 조금이라도 불리한 상황이 되면 곧바로 남에게 책임을 떠넘긴다.

사실 성가신 사람들이 그런 방식으로 행동할 수밖에 없

는 데에는 이유가 있다. 그 근저에는 과도한 인정 욕구, 불안과 두려움, 그리고 자기 자신에 대한 믿음의 부족이 자리하고 있다. 이들은 타인의 인정에 기대어 살아가기 때문에, 자신을 향한 작은 부정적인 말에도 쉽게 분노한다. 겉으로는 강해 보이지만, 실상은 자존감이 낮고 열등감이 깊다. 자기 확신이 없기에 다른 사람의 인정과 칭찬을 통해서만 자신을 유지한다.

반대로, 이런 성가신 사람들의 표적이 되는 이들도 있다. 성가신 사람의 눈에 이들은 만만해 보이고, 웬만해서는 목소리를 높이지 않는다. 이들에게 희생되기 쉬운 사람들의 공통점은 모든 일을 자기 탓으로 돌리는 성향이다. 타인의 눈에는 매우 착한 사람처럼 보이지만, 그만큼 경계가 약하다.

이들은 성가신 사람에게 교묘하게 통제당하면서도 오히려 자신을 더 부정적으로 바라본다. 원래부터 자신을 탓하는 경향이 강하기에, 어떤 상황에서도 문제의 원인을 타인보다 자신에게서 찾는다. 관계를 유지하기 위해 비위를 맞추고 참아내다 보면, 결국 지치고 상처받으며 번아웃에 이른다. 심한 경우에는 극단적인 선택에까지 이르게 되기도 한다.

『나는 매년 책을 쓰기로 했다』를 출간한 이후의 일이다. 평소에는 내가 주로 이용하는 온라인 서점만 들어간다. 그러던 어느 날, 출간 후 예전에 낸 책들의 반응이 궁금해 다른 온라인 서점에 들어가 보았다.

그중 한 책의 후기 평점이 낮아져 있어 그 리뷰를 살펴보았는데, 도서관에서 책을 빌려 읽은 한 독자가 남긴 글이었다. 그는 책 중간에 이상한 이야기로 흐른다면서 낮은 점수를 매겼지만, 인상 깊었던 부분들도 정성스럽게 적어 놓았다.

흥미롭게도, 그가 낮게 본 바로 그 부분은 내 책의 차별화된 지점이자, 내가 가장 강조하고 싶은 핵심 메시지였다. 나는 여러 강의나 모임에서도 이 내용을 중요하게 다뤄 왔다.

물론 모든 사람에게는 의견을 표현할 자유가 있다. 나 역시 그것을 인정한다. 다른 관점은 내 사고를 확장시킨다. 그럼에도 불구하고 한편으론 이런 궁금증이 들었다. 구매한 것도 아닌, 도서관에서 빌려본 책에 굳이 찾아 들어와 리뷰를 남길 만큼의 동기는 무엇이었을까? 그것도 대부분 긍정적인 평가 사이에서 유독 부정적인 인상을 남긴 이유 말이다.

비단 내 책만의 일이 아니다. 온라인 서점에는 꼭 쓰지 않아도 될 말들을 굳이 남기는 글들이 종종 보인다. 익명의 디지털 공간이기에 가능한 일이지만, 그럴 때면 문득 생각한다. 글 너머로 그들의 내면을 어렴풋이 상상해 본다. 그들도 누군가에게는 성가신 존재이지 않을까 하고.

더 이상 착한 사람으로 살지 않아도 된다

성가신 존재들의 표적이 되지 않으려면 어떻게 해야 할까? 먼저 기억해야 할 것은, 사람은 쉽게 바뀌지 않는다는 사실이다. 특히 상대를 바꾸는 일은 매우 어렵다. 그렇다면 우리가 할 수 있는 노력은, 그들의 표적이 되지 않도록 자신의 행동 방식을 조율하는 것이다.

이른바 '착한 사람'들, 그들은 자존감이 낮은 경우가 많다. 이들은 타인의 인정에 기대고, 눈치를 보며, 거절당할까 두려워 무리한 부탁도 쉽게 거절하지 못한다. 결국 타인의 기대에 맞춰 시간과 에너지를 소진하고, 반복적으로 지치고 상처받는다.

이들이 꼭 기억해야 할 또 하나는, 모든 관계에는 '적절한 거리'가 있다는 점이다. 가족, 친구, 지인 등 관계마다 거리감이 다르며, 그 거리에 맞춰 반응하고 에너지를 배분하는 것이 중요하다.

그러나 착한 사람들은 이 거리 조절이 서툴다. 자신을 지키는 경계선을 세우지 못하고, 누군가가 그 선을 넘더라도 저항하지 못한 채 그대로 내버려 둔다. 마치 누군가가 허락 없이 나만의 공간을 들락거리며 간섭하는 것과 같다. 불쾌하고 피로한 상황이지만, 착한 사람들에게는 이것이 일상이 되곤 한다.

> 무례하게 구는 것은 좋지 않지만, 가족이나 연인과의 거리가 오늘 처음 만난 사람과의 거리와 같지 않듯이 사람마다 거리감이 다른 것은 자연스러운 일입니다.
>
> 《속마음 들키지 않고 할 말 다 하는 심리 대화술》

그렇다면 어떻게 해야 할까? 이런 사람들에게는 되도록

'무반응'으로 대하는 것이 좋다. 여기서 말하는 '무반응'이란, 상대가 원하는 것을 쉽게 제공하지 말라는 의미다. 성가신 사람에게 그들의 비위를 맞추기 위해 필요 이상으로 밝고 친절하게 반응하는 것은 오히려 상황을 악화시킬 수 있다.

단, 주의할 점이 있다. '무반응' 전략은 성가신 상사나 특정 관계에만 적용해야 한다. 모든 사람에게 무반응하게 대하면 자칫 불친절하거나 비협조적인 사람으로 인식되어 오히려 당신에 대한 평가가 나빠질 수 있다. 당신의 일은 프로답게 감당하고, 관계마다 적절한 태도와 감정 분배가 필요하다.

상대를 바꾸는 일은 쉽지 않다. 고도의 성숙함과 전략이 요구되기 때문이다. 그렇다고 계속 당하고만 있을 수도 없다. 그래서 필요한 것이, 당하는 입장에서 택할 수 있는 최선의 방어 전략이다.

반대로 내가 성가신 존재일지도 모른다고 느껴진다면, 끊임없이 자기 성찰을 해야 한다. 알고도 바꾸기 어려운 행동은 성찰의 힘과 연습이 부족하기 때문이다. 자신을 치열하게 들여다볼 때에야 비로소, 나 자신도, 타인도 해치지 않게 된다.

해를 끼치는 사람이든 당하는 사람이든, 그 내면을 들여다보면 결국 존재의 힘이 약한 사람들이다. 누군가는 통제로, 누군가는 자기 억압으로 결핍을 채우려 한다.

'일'보다 '사람'이 더 우리를 힘들게 한다. 관계가 편하면 삶도 편해진다. 일을 그만두고 싶었던 이유도 대부분 '사람' 때문이지 않은가? 관계는 인생의 행복을 좌우하는 중요한 요소이며, 동시에 가장 큰 스트레스 요인이기도 하다.

결국, 관계를 조율할 줄 아는 지혜가 있다면 나도, 상대도, 그리고 내 일도 지킬 수 있다.

변은혜

번아웃을 극복하려면

이 글을 쓰는 아침은 월요일이다. 우리는 흔히 '월요병'이라는 말을 쓴다. "와, 월요일이군. 이 아침을 기다렸어. 내가 좋아하는 일을 이제 시작해 볼까?" 하며 설레는 마음으로 월요일을 맞이하는가? 아니면 "벌써 월요일이네. 빨리 금요일이 왔으면 좋겠어." 하는 마음으로 시작하는가? 어떤 마음으로 이 아침을 맞이하느냐에 따라 한 주 동안의 일에서 얻는 성과도 달라지지 않을까 싶다.

월요일을 좋아하든 그렇지 않든, 마음가짐은 시기나 컨디션, 맡은 일의 종류에 따라 달라질 수 있다. 나의 지난 여정을 돌아보면, 20대의 나는 일을 좋아했다. 좋아했지만, 익숙하지 않거나 마주하고 싶지 않은 일이 있을 때는 어떻게든 회피하고 싶었다. 그 안에는 "일을 잘 못하면 어떡하지?"라는 걱정과 함께, 평가에 대한 두려움이 깊이 자리 잡고 있었다.

30대는 일이 조금씩 익숙해지던 시기였지만, 결혼과 양육이라는 새로운 삶의 요소들이 내 안에 들어오면서 감당해야 할 책임의 무게가 한층 더 무거워졌다. 좋아하는 일이었지만, 존재의 미숙함과 일의 과부하 속에서 그저 오늘 하루만이라도 무사히 지나가기를 바라는 마음으로 버텨낸 날들이 많았다.

존재가 단단하지 못하니 주변에 쉽게 휘둘렸고, 그로 인해 좋아하던 일조차 마냥 반갑게 느껴지지 않았다. 나를 돌아보고 스스로를 채울 수 있는 쉼이 간절히 필요했던 시기였다. 너무 많은 일은 결국 존재와 삶을 소모시킨다.

40대에 들어서며 일도, 존재도 어느 정도 성숙해졌다. 그러나 연차가 쌓일수록 좋아하는 일이라 해도 원해서 하는 일보다 원하지 않지만 해야 하는 일의 분량이 많아지면서, 삶의 즐거움은 점점 줄어들기 시작했다.

하루 최소 8시간, 그 이상을 일에 쏟는 시간을 생각하면 일은 삶의 질과 매우 깊은 관련이 있다. 이 시기는 분명 조정이 필요한 시기였고, 다시 고민이 깊어졌다.

40대 중반 즈음 퇴사하면서, 나는 앞으로는 내가 좋아하는 일에만 시간과 에너지를 집중하겠다고 다짐했다. 지금 내가 하는 일의 대부분은 독서와 글쓰기, 그리고 그와 관련된 콘텐츠를 만드는 일이다. 그렇게 4년 가까이 몰입하며 살아왔고, 그 덕분에 짧은 시간 안에 여러 권의 책을 출간할 수 있었다.

1인 기업가들을 양성하는 한 교수님은 "삶과 일은 하나다."라고 자주 말하셨다. 나 역시 "그래, 좋아하는 일을 하면 삶과 일이 하나가 될 수 있겠지.", "20대, 그렇게 일이 좋았던 시절로 다시 돌아가겠어."라고 마음속으로 되뇌며 지금의 삶을 이어가고 있다.

나의 하루는 새벽 4시 또는 4시 반쯤 시작된다. 5시, 새벽 온라인 독서실 줌방을 열기 전, 따뜻한 물을 마시고, 스트레칭을 한 뒤 책 한 권을 들고 독서에 몰입한다. (새벽몰입 독서는 2년 간 운영했고, 지금은 운영하지 않고 있다.) 이후에도 독서를 이어가며 그날 SNS에 올릴 글을 쓰고 나면 오전이 금세 지나간다.

오후에는 저녁 모임이나 강의를 준비하고, 관련 책들을 훑어본다. 대부분의 모임은 온라인으로 진행되기에 저녁 일정이 많은 편이다. 독서와 글쓰기 외에도, 카드뉴스 제작, 공동저서 원고 퇴고, 서평단 책 발송, 영상 편집, 책 디자인 등 다양한 작업들이 이어진다. 물론 컨디션에 따라 낮잠을 자거나 잠시 쉬기도 한다.

그렇게 하루를 돌아보면, 새벽부터 저녁까지 일이 꽉 차 있다. 나는 워커홀릭이며, 내가 하는 일을 진심으로 사랑한다. 요즘 나는 일과 삶이 하나로 연결된 삶을 살고 있다.

나만의 이야기는 아닐 것이다. 이제 일은 단순한 생계를 위한 노동이 아니라, 자기 정체성을 형성하는 데 있어 매우 중요한 기반이 되고 있다.

밀레니얼 세대를 포함한 많은 이들이 직장을 선택할 때, 단순히 연봉만이 아니라 자기 실현이 가능한지를 중요한 기준으로 삼는다. 이 변화에 발맞춰, 이제 기업들도 이런 현실을 반영하려 애쓰고 있다.

일은 현대인에게 자기 정체성의 핵심이 되었고, 앞으로도 그 의미는 더욱 깊어질 것이다.

일이 종교가 되었다

불과 200여 년 전만 해도, 일은 지금처럼 중요하게 여겨지지 않았다. 생계를 위한 수단이었고, 고대에는 오히려 정신적 가치를 방해하는 '저주'로 여겨지기도 했다. 수천 년 동안 인간은 '일'에 대해 부정적인 인식을 가지고 있었던 것이다.

하지만 오늘날 우리는 일을 통해 존재를 증명하고 삶을 구성한다. 반면, 지금 하는 일이 마음에 들지 않는 사람이라면 여전히 일을 부정적으로 바라보며, 기계가 노동을 대체할 미래의 해방을 상상하기도 한다.

그럼에도 많은 사람들은 일과 자신을 밀착시키고, 일을 곧 자기 존재의 핵심으로 여기는 시대를 살아가고 있다. "일이 곧 나"인 시대, 우리는 그 안에 있다.

현대 자본주의는 한 사람의 가치를 생산량으로 평가한다. 개인이든 기업이든, 실제로 필요하지 않더라도 끊임없이 생산해야만 그 가치를 인정받는 듯한 무언의 메시지가 사회 전반에 깔려 있다.

과거 일터에 있을 때, 나는 2년의 안식년을 얻은 적이 있다. 그런데 놀랍게도 쉬는 첫 2~3개월이 무척 힘들었다. 몸은 쉬고 있었지만, 머릿속은 여전히 기계처럼 끊임없이 돌아갔다.

'이 시기쯤이면 후배들은 어떤 일을 하고 있을까? 이번엔 어떤 기획을 했을까? 잘하고 있을까?' 같은 생각들이 쉴 새 없이 떠오르며, 정신적으로는 계속 일에서 벗어나지 못하고 있었다.

그러다 어느 순간, '내가 지금 도대체 뭐 하고 있는 거지?'라는 질문이 밀려왔고, 철저히 나를 돌아보는 시간을 갖게 되었다. 나는 멈추는 법을 몰랐고, 좋아했던 일조차 어느새 생산을 위한 노동으로 바뀌어 있었다. 많은 이들이 이런 과정을 겪으며 탈진하고, 결국 번아웃에 빠진다.

좋아하는 일을 하고 있는 나에게, 지금의 일은 저주가 아니라 축복이다. 그러나 문제는, 그 '일'이라는 것이 우리 삶에 너무 깊숙이 들어와 버릴 때이다.

내 존재와 삶 전반을 조용히, 그러나 확실하게 침식해 갈 만큼 깊게 스며들었을 때, 일은 더 이상 단순한 활동이 아니라 이데올로기이자 종교처럼 자리 잡는다. 대부분의 자기계발서는 바로 그 방향을 종용하며, 끊임없이 지향하도록 부추긴다.

일 하나만을 자신의 정체성으로 삼는 것의 위험성

《워킹 데드 해방일지》의 저자 시몬 스톨조프는 이에 대한 문제점을 지적한다. 일은 우리 삶의 매우 중요한 요소이지만, 현대는 너무 극단적으로 치우쳤다는 것이다. 일이 우리 존재와 삶의 전부는 아니라는 것이다. 그렇다. 나라는 존재는 직업인일 뿐 아니라 배우자, 아내, 이웃, 예술가, 여행가 등 다양하다.

> 일이 삶의 중심에 있는 삶의 중심에 있는 사람에게는 다른 여유 공간이 없다. 그러나 한 면만 있는 사람은 아무도 없다. 우리는 일하는 사람이자 형제자매이고, 시민이면서 취미를 즐기는 사람이며, 동네 이웃이다.

패트리샤 린빌 교수의 심리학 연구에 따르면, 자신을 다채로운 정체성을 가진 사람으로 인식하는 이들일수록 스트레스 상황에서도 우울감이나 신체적 질병을 덜 겪는 경향이 있다고 한다. 정체성이 한 가지에만 쏠려 있으면, 예를 들어

직업이나 자산 같은 단일한 기준으로 자존감이 쉽게 무너질 수 있다. 반면 의미의 원천이 다양할수록, 삶의 위기에도 더 유연하고 건강하게 대처할 수 있다는 것이다.

이어서 그는 이렇게 덧붙인다.

정체성은 식물과 같다. 시간과 관심을 기울여야 자란다. 물을 주고 가꾸는 의식적인 노력을 하지 않으면 금세 시들 수 있다.

정체성은 단일하지 않다. '한 바구니에 모든 달걀을 담지 말라'는 말처럼, 우리의 정체성도 일 하나로 규정될 수 없다. 게다가 정체성은 고정된 것이 아니라, 우리가 어디에 애정을 기울이느냐에 따라 살아나기도, 시들해지기도 한다.

"당신은 당신이 하는 일이 아니라, 당신 그 자체다."

"일에 자신을 바친다는 건, 인생의 다른 의미 있는 면들을 잃는다는 뜻이다."

좋아하는 일을 한다는 이유로, 내 삶을 한 방향에만 쏟고 있지는 않았는지 돌아보게 된다. 아내, 엄마, 이웃으로서의 역할은 최소한으로 줄었고, 일의 편협함은 관계의 편협함으로도 이어졌다. 결국 내 삶의 다양한 면을 스스로 무시하고 있었다.

성과를 좇고, "생산성이 곧 너의 가치"라고 외치는 자본주의 목소리에 휘둘리며, 존재 자체로 충분하다는 감각을 잊고 살진 않았는지 돌아본다.

게다가 일을 많이 한다고 생산성이 비례해 높아지는 것도 아니다. 스탠퍼드대 존 팬카벨 교수의 연구에 따르면, 주 50시간을 넘기면 시간당 생산성은 급격히 떨어지고, 주 70시간 일한 사람은 56시간 일한 사람보다 더 많은 성과를 내지 못했다.

얼마 전, 철인 3종 경기를 10년 넘게 해온 50대 중후반 여성을 초청해, 내가 운영하는 커뮤니티에서 '중년의 운동'을 주제로 특강을 열었다. 사실 이 강의는 나에게도 꼭 필요했다.

하나에 몰입하는 삶도 좋지만, 인생의 후반을 좌우할 내 몸 역시 이제는 돌봐야 할 시기다. 삶을 풍요롭게 만드는 요소는 일 외에도 많다. 일은 분명 중요한 부분이지만, 전부는 아니다. 일이 나를 잠식하지 않도록, 일하는 기계가 되지 않도록, 이제는 삶의 반경을 더 넓혀가야 한다.

입시보다
더 중요한 것은

나는 대한민국 수능 1세대다. 이렇게 말하면 내 나이가 다 공개되는 셈일까. 학력고사에서 수능으로 바뀐 첫해, 나는 수능을 두 번 치렀다. 내가 다닌 고등학교는 시험을 봐서 들어가는 학교였고, 당시 그 학교는 지역에서도 1등으로 손꼽히는 명문이었다. 교장과 선생님들은 늘 이에 대한 자부심을 학생들에게 심어 주셨다.

공부를 잘하는 아이들만 모인 곳이었기에 아주 최상위권에 들지는 못했지만, 그래도 중상위권에는 속했다. 그러나 다른 공교육과 마찬가지로 그 학교 역시 암기와 주입식 강의가 주를 이루는, 그저 평범한 학교였다. 나 역시 그런 공부 방식에 익숙했고, 그때는 지금처럼 책을 즐겨 읽는 아이도 아니었다.

수능이라는 새로운 시험 제도가 갑작스럽게 도입되었고, 그 시험 체제를 충분히 이해하지도, 익숙해지지도 못한 채 시험을 치렀다. 첫 시험 제도라 두 번의 기회를 준다고 했지만, 지금 기억으로는 두 번 모두 학교에서의 성적만큼 나오지는 않았던 것 같다.

학력고사는 내신에 충실하고 암기만 잘하면 되었지만, 수능은 뭔가 더 고차원적인 사고력과 창의성을 요구했다. 원하는 학교에 진학하지는 못했지만, 애초에 대학에 큰 욕심이 있지 않았기에, 어느 대학에 입학하는지가 내 삶에 큰 영향을 주지는 않았다.

그렇게 수능 시험 제도는 30여 년 가까이 이어져 왔고, 입시는 그동안 수없이 변화하며 지금의 정시와 수시, 내신과 수능이라는 종합적인 체제로 자리 잡았다. 내 아이는 이제 고등학교를 마치고 대학에 진학한다. 돌이켜보면, 나는 참 무심한 엄마였다.

한때는 교육에 관심이 많았다. 30년 전이나 지금이나 본질적으로 달라지지 않은 공교육의 현실을 보며, 내가 추구하는 가치와 철학을 담은 대안학교를 직접 세우고 싶다는 꿈도 품었다. 그런 교육을 가정에서라도 실천해 보고자 했지만, 워킹맘으로서 혼자 감당하기에는 체력적으로나 시간적으로 벅찼다.

그래서 사교육은 되도록 제한했고, 음악, 미술, 체육, 독서토론 외에는 거의 시키지 않았다. 그 영향인지, 고등학교 시절 어려움을 느끼는 과목이 생겼을 때 "학원에 다녀볼래? 도움 좀 받아볼래?"라고 물으면 아이는 늘 "싫어. 그 시간에 혼자 공부할래."라고 답했다. 학원에 보내는 것이 능사가 아니라는 생각은 여전했지만, 한편으로는 그 선택이 아이에게 부담이 되진 않았을까 되짚어 보게 된다.

중학교와 달리 고등학교의 공부는 수준 자체가 달랐다. 매 시험마다 받는 스트레스는 "이번 시험은 망한 것 같아."라는 말로 표현되곤 했다. 나는 그런 부정적인 말이 실제 결과에도 영향을 줄 수 있다고, 뇌를 속인다고, 잔소리처럼 말해 보지만, 아들은 대개 흘려듣는 눈치였다. 그럼에도 다행히, 매 학기 성적은 조금씩 오르고 있었다.

아들이 고2로 올라가기 전 겨울 방학을 보내던 시절, "2

학년 과목은 장난 아니다."라는 말을 입에 달고 살았다. 그래도 학원 하나 없이 인강 하나에만 의지한 채, 혼자 해보려는 모습은 참 대견했다.

그 무렵 나는, 앞으로 세상의 절반 가까운 직업이 바뀔지도 모른다는 예측 속에서 굳이 최상위권이 아니어도 어디든 갈 수 있으면 된다고 생각하며, 방임에 가까운 교육을 했다.

"결과보다 과정에 충실해. 노력의 습관이 쌓이면 그게 재산이야."

내가 아들에게 해준 말은 늘 그것뿐이었다.

입시보다 이것에 신경 써야 해요

나는 아이의 입시에 큰 신경을 쓰지 않는 엄마다. 입시라는 견고한 판이 하루빨리 깨지기를 바랄 뿐이다. 인공지능 시대, 사람은 넘쳐나지만 정작 기업이 원하는 인재는 없다고 현장에서는 하소연한다.

우리나라는 2005년 대비 2015년 로봇 사용 비중 증가율이 세계 1위를 기록할 만큼, 기계가 인간을 빠르게 대체하고 있다. 원격 근무가 가능한 지금은 굳이 한국에서 인재를 찾을 필요도 없다. 기업은 전 세계 어디서든 필요한 사람을 채용할 수 있는 시대가 된 것이다.

2021년 대졸자의 취업률은 60% 수준이며, 서울 주요 11개 대학을 기준으로 해도 70%에 못 미친다. 이른바 ‘스카이’ 대학도 예외는 아니다. 결국 일반대와 명문대의 취업률은 큰 차이가 없다. 이런 일자리 지형의 변화를 부모들이 제대로 읽어야 한다.

그런데도 여전히 많은 가정이 어릴 때부터 입시에만 올인하고, 사교육에 모든 재정을 쏟아붓는다. 그러다 보면 인공지능 시대에 필요한 진짜 실력은 키우지 못한 채, 아이의 미래를 준비할 방향과 초점을 놓치게 된다.

방향을 잃은 화살은 아무리 힘껏 쏴도 엉뚱한 곳에 꽂힐 뿐이다. 이제는 단지 학벌이라는 간판만으로 살아가기 어려운 시대다.

서울대 국제경제학부를 수석 졸업하고 미국 스탠퍼드대에서 경제학 박사학위를 받은 이수형 교수는, 메릴랜드 주립대 교수로 재직하며 학생들을 지도했고, 현재는 국제대학원에서 강의 중이다. 수업과 학생 지도에 대한 열정으로

2016년 서강대, 2022년 서울대에서 우수 강의상을 수상했으며, 여러 학생을 미국과 영국의 명문대학에 진학시키기도 했다.

경제학자인 그녀는 경제 전공 서적이 아닌, 아이들의 진로와 미래에 관한 책 『대한민국의 학부모님께』를 펴냈다. 한국 대학에서 학생들을 가르치며 느낀 점을 부모들과 나누고 싶어 이 책을 쓰게 되었다고 서문에서 밝히고 있다.

이수형 교수는 자녀의 진로 교육은 입시가 아니라 '직업'이 최종 목표가 되어야 한다고 말한다. 대학이나 기업이 목표가 아니라, 사회에 기여할 수 있는 전문성과 직위가 목표가 되어야 한다는 것이다.

하지만 현실은 대학 입시에 올인하며, 마치 그것이 인생의 종착점인 양 몰입하고 있다. 그녀는 교육의 패러다임이 하루빨리 바뀌어야 한다고 강조한다. 인공지능을 비롯한 기술 발전으로 일자리 지형이 빠르게 바뀌고 있는 지금, 이런 미래를 읽고 대비할 때 비로소 사회에서 살아남을 수 있다는 것이다.

그러나 한국 교육은 여전히 이런 변화에 둔감하고, 취업까지 연결된 진로 설계를 하지 못하고 있다고 그녀는 지적한다. 그 결과 명문대를 졸업하고도 취업에서 좌절하는 사례가 빈번하다.

지금의 아이들이 성인이 되면, 또래나 선후배가 아닌 인공지능과 경쟁하게 될 것이다. 결국 대체 불가능한 실력을 갖추는 것이 무엇보다 중요하다. 그럼에도 여전히 대학 간판에만 집착한다면, 아이의 수십 년 미래는 물론 국가 경쟁력까지 허비하는 셈이다.

성적과 자격증은 구직 시 참고되는 지표일 뿐이며, 그 지표를 통해 진짜로 평가하고자 하는 것은 '실력'이다. 실력이란 회사나 고객을 위해 가치를 창출하고 전달하는 능력이며, 사회·경제적 환경이 바뀌면 가치의 기준과 이를 실현하는 방식도 달라진다.

현재는 문과보다 이과, 그중에서도 공학 계열의 취업률이 높다고 한다. 이는 우월성의 문제가 아니라 수요와 공급의 법칙 때문이다. 필요한 일자리에 비해 인력이 부족하니 취업도 잘되고 임금도 높아지는 것이다. 하지만 이런 구도역시 시대에 따라 언제든 변할 수 있다.

결국 중요한 것은 아이의 적성과 미래 일자리 지형을 함께 고려해 진로를 안내하는 것이다. 부모와 교사는 변화하는 시장 흐름을 읽고 아이가 그에 맞게 준비할 수 있도록 도와야 한다.

이수형 교수는 높은 성적이 좋은 학벌로, 좋은 학벌이 좋은 직장으로, 그리고 그것이 곧 만족스러운 삶으로 이어진다는 오래된 고정관념에서 과감히 벗어나는 것이 오늘날 교육에서 가장 먼저 해야 할 일이라고 말한다.

나 역시 변화하는 미래를 생각하며 입시 자체를 맹신하지는 않는 그 선택은 잘해 왔다고 여겼다. 하지만 이수형 교수의 생각을 읽으며, 입시가 아닌 '직업'을 중심에 두고 아이의 진로를 더 적극적으로 준비시키지 못했다는 아쉬움이 들었다.

모두가 가는 길에서 "나는 다른 길을 가겠다." 말하는 일은 쉽지 않다. 나도 흔들리는데, 아직 여물지 않은 아이는 더 많이 좌절할 수 있다. 그럼에도 학벌이나 지역에 얽매이지 않고, 아이 안의 가능성을 다듬어 가는 여정에 집중해 보기로 한다.

이미 그 길을 먼저 걷고 있는 부모와 교사들이 있다고 믿는다. 지금은 좁은 길일 수 있지만, 예전보다는 더 많은 이들이 함께 걷는 길이 되어가고 있다고 느낀다. 그리고 언젠가 누구나 노력한 만큼 정당한 기회를 얻을 수 있는 그런 시대를 꿈꿔본다.

세대를 거쳐도 변하지 않는 모든 교육의 기본

챗GPT가 한창 주목받던 초창기에 관련 책을 여러 권 읽었다. 각기 다른 관점에서 미래와 인공지능의 변화를 다루고 있었지만, 공통적으로 강조하는 한 가지가 있었다. 바로 비판적 사고력이다.

미래 트렌드를 다룬 책들에서도 기업이 재교육을 위해 가장 필요로 하는 역량 1순위로 비판적 사고력을 꼽았다. 기술을 다루는 능력은 그다음이었다. 이 말은 결국, 기계를 다루는 주체도 사람이기 때문이라는 뜻이다.

기술을 배운다 해도 비판적 사고력이 없다면 인공지능의 노예가 될 뿐이다. 기업과 사회가 간절히 찾는 인재는 기계에 대체되지 않고, 인공지능을 주체적으로 활용할 수 있는 사람이다. 비판적 사고력은 기술을 적재적소에, 그리고 윤리적으로 사용할 수 있게 돕는다. 인공지능과는 1% 다른 감성과 창의성, 이것이 바로 인간만이 지닌 능력이다.

그렇다면 이런 역량을 기르기 위해 교육은 어떻게 달라져야 할까. 이수형 교수는 학원이나 인강처럼 가공된 지식에 의존한 학습의 한계를 지적한다. 가공된 지식은 이해하기는 쉽지만, 누군가가 대신 소화해 놓은 지식이기에 학생들은 의심 없이 받아들이기 쉽다. 먹기에는 편하지만 영양가가 없는 셈이다.

이 교수는 외국에서 박사과정을 밟으며 질문 하나 하지 못하는 자신의 한계를 마주했고, 이를 극복하는 데 4년이 걸렸다고 말한다. 가공된 지식에 익숙한 한국 교육의 한계를 타지에서 뼈저리게 경험한 것이다.

가공되지 않은 지식은 책이나 자료의 날것 그대로를 본인의 관점과 방식으로 소화하고 정리해야 한다. 대학이나 사회에서는 더 이상 누군가가 가공된 지식을 제공해 주지 않는다. 입시 이후 필요한 실력은 수많은 비정제 정보를 비판적 사고력으로 해석하고, 자신의 커리어에 맞게 활용하는 능력이다.

이를 위해 이수형 교수는 문해력의 중요성을 강조한다. 요즘 세대는 말을 축약어로 줄여 표현하는 데 익숙하지만,

사회에서는 자료를 읽고 듣고, 그것을 논리적으로 말하고 글로 풀어내는 능력이 필수다. 이 능력은 영상 강의만으로는 절대 길러지지 않으며, 어릴 때부터의 독서 습관이 핵심이다.

읽고, 듣고, 말하고, 쓰는 훈련이 이루어지는 공간인 북클럽은 어른들만의 활동이 아니다. 실제로 해외 유수 대학에서는 토론이 중요한 학습 방식이다. 토론에는 정답이 없다. 다양한 생각을 듣고 나누는 과정 속에서, 자신만의 생각을 정리해 가는 것이 바로 진짜 학습이다.

OECD 21개국 취업자 정보를 분석한 최근 연구에 따르면, 문해력과 수리력은 임금과 매우 높은 상관관계를 보였다. 예를 들어, 문해력 50등인 사람보다 16등인 사람이 시간당 임금이 6.0% 높았고, 수리력의 경우에도 같은 기준에서 5.7% 더 높았다.

또한, 같은 문해력 수준이라도 실제 업무에서 문해력을 더 많이 활용하는 경우에는 임금이 평균보다 9.8% 더 높았고, 수리력도 업무 활용도가 높을수록 7.1% 더 높은 임금을 받는 경향이 있었다.

영어도 마찬가지다. 토익 점수나 유창성보다 중요한 건 '자기 생각을 담아 소통할 수 있는가'이다. 결국 핵심은 비판적 사고력이며, 이는 읽고 듣고 쓰고 말하는 경험 속에서 자란다.

아이든 어른이든 자유롭게 읽고, 듣고, 말하고, 쓰는 공간인 북클럽이 중요한 이유가 바로 여기에 있다.

이제, 똑똑해서만 안 된다

우리는 흔히 인지 능력, 즉 IQ를 중심으로 똑똑함을 판단해 왔다. 그러나 미래 사회에서 더 중요한 것은 비인지 능력, 즉 사회성, 감성지능(EQ), 소통 능력 같은 소프트 스킬이다. 이제는 혼자 잘하는 것만으로는 부족하다.

복잡한 문제를 함께 해결하는 시대에는 팀 내에서 꼭 필요한 사람이 되어야 하며, 그런 사람을 알아보고 협력하고 소통하는 역량, 필요한 정보를 찾아 활용하는 능력도 필수적이다.

자신의 진로를 설계하려면 수업에만 집중해서는 안 된다. 강의실을 벗어나 교수나 멘토를 스스로 찾아가고, 관심

분야를 알리고 소통하며 네트워크를 쌓아야 한다.

특히 원하는 대학에 진학하지 못했을 경우, 이런 비인지 능력은 더욱 중요하다. 대부분의 기회는 단순한 '똑똑함'이 아니라 '사람'으로부터 오기 때문이다. 받기만 하는 관계가 아닌, 커피 한 잔을 건넬 수 있는 상호적인 관계를 만들어야 한다. 이제 아이들의 미래 교육에서 비인지 역량은 선택이 아닌 필수다.

시대가 변해도 교육의 본질은 크게 달라지지 않는다. 읽고, 듣고, 말하고, 쓰는 이 기본적인 자원을 통해 우리 아이들이 자신의 생각을 또렷하고 용기 있게 표현할 수 있었으면 한다. 어떤 생각이든, 그것이 타인을 해치지만 않는다면 존중받을 수 있는 사회가 되기를 바란다. 학교 입학 전 조잘조잘 이야기하던 아이들이 학교에 들어가서도, 사회에 나가서도 자신의 생각과 창의성을 잃지 않고, 일과 삶 속에서 마음껏 펼쳐낼 수 있는 세상이 되었으면 한다.

나 역시 누구나 아는 명문대 출신도, 대기업 출신도 아니다. 하지만 뒤늦게 읽고 듣고 쓰고 말하기의 가치를 깨달았고, 지금은 이 기술로 먹고 살고 있다. 조금 더 일찍 이 기쁨을 아이와 나누고, 일관된 환경을 만들어주지 못한 것이 그저 미안할 뿐이다.

이 자원은 단지 기쁨과 활력을 주는 것에 그치지 않는다. 인공지능 시대에도 대체되지 않는 사람으로 아이와 어른 모두를 성장시켜 줄 것이다. 다만, 이 변화는 결코 빠르게 눈에 띄지 않는다. 매일 꾸준히 읽고 쓰며 차곡차곡 쌓아가야 한다.

나는 여전히 견고한 입시 체제에 흔들리지 않겠다고 다짐한다. 아이가 학교라는 제도 안에 있지만, 좋은 대학에 가지 못했다고, 시험 성적이 잘 나오지 않았다고 절대 핀잔주지 않을 것이다. 그리고 지금도, 그 다짐을 실천 중이다.

"대학 간판보다 진짜 실력이 중요하다. 신이 너에게 준 재능이 분명히 있고, 그 재능에 집중해 힘을 길러야 해. 그 힘으로 네가 기여할 수 있는 자그마한 세상이 분명 어딘가에 있을 거야."

아이가 흔들리고 불안해할 때마다 나는 자주 그렇게 말해 줄 것이다.

그리고 덧붙여 말할 것이다.

"배움은 학교와 대학이라는 작은 울타리에만 있지 않아. 그 너머 더 넓은 세상에 있어. 겸손하고 열린 마음만 있다 면, 사람과 사물, 사건 모두가 너의 스승이 되어줄 거야."

100세 시대를 살아가야 하는 나 자신에게도, 배움과 성 장을 갈망하는 또 다른 어른들에게도 이 교육의 본질을 자 주 되새기고자 한다.

혹시 너무 이른 시기에 작은 세상에 갇혀 잠재력을 펼치 지 못했다면, 지금부터라도 배우고 성장하며 더 나은 세상 을 함께 만들어 가자고, 그렇게 말하고 싶다.

변은혜

문학을 읽어야 하는 이유

어릴 적 우리 집에는 부모님이 사 놓은 문학 전집이 있었다. 몇 권쯤 꺼내 들어 읽은 기억은 있지만, 많이 읽지는 못했다. 어린 나이에 문학을 조금 더 접했더라면, 인생이라는 여행을 지금보다 여유롭게 항해하지 않았을까 하는 생각도 든다.

20대부터 본격적으로 독서를 시작하긴 했으나, 몇 가지 장르에만 한정되어 있었고 문학은 좀 더 나이가 들어서야 읽기 시작했다.

『문학을 다시 사랑한다면』의 저자 이선재는 대한민국을 대표하는 국어 일타 강사이다. 원래는 학자의 길을 걷고자 했으나, 우연히 시작한 출강 수업에서 열띤 반응을 얻은 뒤 진로를 바꾸게 되었다고 한다. 학생들 사이에서는 이미 잘 알려진 인물이라고 한다.

이 책에는 열아홉 개의 이야기가 담겨 있으며, 각 이야기마다 여러 권의 문학작품이 소개되어 있다. 문학을 좋아하는 이들이라면 어린 시절 한 번쯤 접했을 만한 작품들을 바탕으로, 저자는 문학 속에서 인생의 답을 찾아갔던 경험을 들려준다.

문학을 읽어야 하는 이유

저자는 책 초반에 문학을 읽어야 하는 두 가지 이유를 소개한다.

문학 속에는 스쳐 지나가듯 별 볼 일 없는 인물들에게도 각각의 고유한 불빛이 있습니다. 문학의 서사 속에서 각자의 고유한 역할을 해내죠.

경험하지 못한 삶 속에서 '나 자신'을 만나기 위함
이기도 합니다. 문학만큼 인간 군상의 다양한 모습
을 담고 있는 예술은 없다고 생각해요.

문학 속에는 "스쳐 지나가듯 별 볼 일 없는 인물들에게도
각각의 고유한 불빛이 있습니다. 문학의 서사 속에서 각자
의 고유한 역할을 해냅니다."라는 메시지가 담겨 있다.

문학에서는 현실에서 쉽게 마주치기 어려운, 정말 다양
한 인간 군상들을 만날 수 있다. 현실에서는 깊은 소통이 이
루어지지 않는 한 사람들을 표면적으로만 보게 되며, 그저
스쳐 지나가거나 '저런 사람이 있지?' 하며 이해하지 못한
채 지나치기 쉽다.

그러나 문학 속에서는 각 인물의 말과 그 이면에 담긴 생
각, 환경 등이 입체적으로 묘사되므로, 등장인물에 대한 이
해의 폭이 넓어진다. 이는 곧 현실에서 만나는 사람들에게
도 이어져, '무언가 이유가 있겠지', '그럴 수도 있지'라는
여유를 갖게 만든다. 공감력이 높아지는 것이다.

또한 우리에게 주어진 시간과 에너지는 유한해서 모든
것을 경험하며 살 수는 없다. 세상의 모든 곳을 여행할 수도

없고, 모든 책을 다 읽을 수도 없는 일이다. 저자는 "경험하지 못한 삶 속에서 '나 자신'을 만나기 위해" 문학을 읽는다고 말한다.

나이가 들수록 '나'라는 사람이 지닌 고유한 성향을 더 깊이 마주하게 된다. 동시에 새로운 환경과 주어진 역할 속에서, 지금껏 알지 못했던 내 안의 또 다른 면들을 새롭게 발견하기도 한다. 또한 앞으로도 경험하지 못할 삶들이 분명 존재할 것이다.

문학은 그런 삶들을 대신 경험하게 해 준다. 이야기 속으로 빠져들며 '나라면 이 상황에서 어떻게 했을까?' 하고 상상해 본다. 평소에는 느끼지 못했던 감정과 생각을 마주하게 되면서, '나'라는 존재의 깊이와 폭은 점점 넓어진다.

나만의 정답을 찾아서

물론 문학이 정해진 답을 알려주는 것은 아닙니다.
대신 문학은 우리 앞에 수많은 선택지를 놓아주죠.

저자는 "문학은 우리가 모두 자신만의 답을 찾아가는 중"

임을 일깨워 준다고 말한다. 인생에 정답이 없다는 사실을 문학이 알려 주며, 그로 인해 위로받을 수 있다면 문학은 그 쓸모를 다한 것이라고 본다.

내가 진행하는 '단단 북클럽'에서는 어느 순간부터 고전문학을 꼭 한 권씩 포함하고 있다. 북클럽 전문가 과정이나 논제 연구원 과정에서도 고전문학은 필수로 다루고 있다.

토론을 마친 뒤에는 대부분의 참여자들이 고전문학이 흥미로웠다고 말한다.

"논제 토론으로 해보니 다양한 생각을 들을 수 있어 좋았어요."

"자기계발서만 읽다가, 어릴 적 읽은 고전을 다시 꺼내 읽고 싶어졌어요."

참여자들은 고전을 통해 더 넓은 사고와 깊은 감정을 경험하고 있음을 공유해 주었다.

문학은 본질적인 문제를 건드릴 뿐, 명확한 해답을 주지는 않는다. 해석의 여지가 많기에 끊임없이 생각하게 만들고, 다양한 의견을 나눌 수 있게 한다.

인생은 선택의 연속이다. 어른이 되어서도 우리는 수많

은 선택 앞에 선다. 많은 사람이 자신의 이야기를 정답처럼 말하지만, 결국 우리는 그들의 조언을 참고할 뿐, 각자의 답을 찾아가야 한다. 그 답으로 자신의 삶을 다시 써 내려가는 일은 오롯이 자신의 몫이다.

그래서 저자는 삶이 뜻대로 풀리지 않을 때마다 문학을 찾았다고 말한다. 문학 속 희로애락과 굽이치는 인생사를 함께 경험하다 보면, 그래도 살아볼 만하다는 생각이 든다고 한다.

나 역시 문학을 늦게 만났다. 문학만을 고집하지는 않지만, 이제 문학은 내 개인 서재에도 독서모임에서도 정기적으로 찾아서 읽는 장르가 되었다. 남은 생에는 문학 속 인물들로부터 위로와 통찰을 얻으며 살아가고 싶다.

삶이 문학이다

저마다의 이야기를 써 내려가고 있을 많은 이들이 저마다의 언어로 문학을 해석하고 곱씹어야 그 속에 담긴 힘이 제대로 가닿을 수 있다고 생각합니다.

문학은 명확한 답을 주지는 않지만, 하나의 인물과 그 인물이 살아낸 삶을 깊이 있게 조명해 준다. 우리가 그 이야기 속에 공명하는 이유는, 그 이야기 안에, 그 인물 안에 '나'의 모습이 있기 때문이다.

나에게도 있었던 이야기이고, 나에게도 느껴졌을 감정이며, 나도 언젠가 했던 생각이지만, 너무 바쁘고 정신없는 일상 속에서 생각할 틈조차 없어 그저 지나쳐버렸던, 그래서 휘발되어버린 이야기들인 것이다.

작가들은 문학을 통해 우리에게 끊임없이 말을 건넨다.

"너에게도 이런 비슷한 이야기 있었지 않아?"
"너도 이렇게 살면 이렇게 될 수 있어."
"지금 너의 삶이 꼭 정답은 아니야."
"너도 이런 선택을 하고 싶지 않았어?"
"너라면 어떻게 할 것 같아?"

그 질문들은 내 안에서 부모도, 나 자신도 만져 주지 못했던 생각과 감정들을 살며시 꺼내 준다. 그렇게 억눌리고 숨겨졌던 감정과 생각을 찬찬히 들여다보면, 그 이면에는 분명한 이유가 있다.

“그런 생각하면 안 돼.”

“그런 감정을 느껴서는 안 돼.”

“너는 여자니까.”

“너는 엄마니까.”

“넌 아직 어려.”

“넌 나이가 너무 많아.”

저자의 말처럼 문학은 삶을 더 사랑하게 만들어 준다. 삶을 사랑하게 된다는 것은 곧 그 안에 담긴 ‘나’를 더 사랑하게 된다는 뜻이다. 이는 내 안의 생각과 감정, 선택을 있는 그대로 존중하게 된다는 말이기도 하다.

나 역시 문학을 많이 읽어 언젠가는 문학을 자유롭게 소개할 수 있는 사람이 되고 싶다. 누군가에게 책을 소개한다는 것은 “내가 읽고 참 좋았는데, 너도 한 번 읽어 봐!”라는 마음의 표현일 것이다.

문학만 읽으며 살 수는 없겠지만, 당신의 도서 목록 속에도 문학작품을 정기적으로 포함해 보는 것은 어떨까.

추석

추석을 보내고 있다. 이날에는 전국적으로 대규모 이동이 이루어지고, 흩어졌던 온 가족이 한자리에 모인다. 평소에는 보기 어려운 음식들이 차려지고, 며칠 동안 매끼마다 많은 양의 음식을 먹고, 빈 그릇을 치우는 일이 기계처럼 반복된다.

어릴 때는 몰랐다. 이 모든 것이 누군가의 노동으로 이루어진다는 사실을. 그리고 그것이 조금은 부당한 처사일 수도 있다는 것을.

어른이 되어 결혼을 하고 양가를 오가다 보니, 더 이상 주어진 음식만 받아먹는 처지로 남을 수는 없었다. 나 또한 긴 연휴 동안 그 '노동'에 동참해야 했다.

나는 딸 셋인 집에서 자랐지만 요리나 설거지를 좋아하지 않았고, 그래서 잘하지도 못했다. 그런데 평소에 잘하지도 좋아하지도 않는 그 일들을 해야만 하는 날이 바로 명절이었다. 그래서인지 명절은 즐겁고 기다려지는 날이기보다는, 어떤 '각오'를 해야 하는 날처럼 느껴지곤 했다.

결혼 이후, 불쑥 찾아온 그 대열에 억지로 끼어야만 하는 처지는 마치 나에게 맞지 않는 옷을 입는 것처럼 어색하게 느껴졌다. 물론 결혼은 단지 두 사람만의 일이 아니라, 두 집안이 하나로 이어지는 일이기에 내가 혼자 살아왔던 방식을 고집하며 살 수만은 없는 일이다.

한 번도 깊이 생각해 본 적 없던 엄마의 오랜 노동을, 결혼 후에야 비로소 돌아보게 되었다. 종일 일을 하고 집에 돌아와서도 남은 집안일을 해내며, 자녀 넷을 어떻게 키워냈을까.

지금은 여든을 넘기셨음에도, 어머니는 명절마다 여전히 음식을 차려 놓으신다. 예전보다 많은 것이 간소화되었지만, 이제는 딸들이 장성했으니 미리 준비하지 말고, 우리가 오면 함께 쉬엄쉬엄하자고 늘 말씀드린다. 그럼에도 이번 명절에도 어김없이 전이며 필요한 음식들을 미리 준비해 놓으셨다.

어머니가 이제는 쉬셨으면 하는 마음과, 그러면서도 더 일찍 가서 준비를 거들지 못한 미안한 마음, 그리고 솔직히 그렇게까지 하고 싶지 않은 마음이 늘 충돌한다. 이제 그렇게 많은 음식이 필요하지도 않을뿐더러, 그런 형식 자체도 점점 더 거추장스럽게 느껴진다.

어머니 세대의 고단함은 이제 노화와 함께 몸 곳곳에 선명하게 새겨져 말하고 있다. 늘 희생만 해 오셨고, 이제는 더 이상 그러지 않아도 되는 충분한 연세가 되셨건만, 살아온 방식을 여전히 고수하며 명절을 준비하시는 어머니를 보며, 이제는 자녀들을 더 의지하셔도 된다는 마음이 명절마다 더욱 간절해진다.

권여선의 소설 『각각의 계절』 속 단편 〈실버들의 천만사〉에는 모녀 반희와 채운이 등장한다. 엄마 반희는 돈 잘 버는 남편, 똑똑한 아들과 딸이 있음에도, 딸이 고등학교 2학년

일 때 이혼을 선택한다.

코로나19로 인해 아빠의 재혼이 취소된 후, 장성한 딸 채운은 엄마에게 전화를 걸어 함께 하룻길 여행을 제안한다. 그러나 이들 사이에는 어딘가 모르게 거리감이 느껴진다.

여행 도중 갑자기 차를 세우며 공황 장애를 겪는 딸의 모습에서, 소설은 그 불안이 엄마의 빈자리에서 비롯되었음을 암시한다. 딸은 초등학생 시절부터 엄마가 언젠가는 떠날 것이라 예감하며 늘 불안을 안고 살아왔다. 엄마는 이혼 후에도 '딸', '엄마'라는 호칭을 애써 피하고, 딸이 자신의 집을 방문하는 것조차 허락하지 않는다.

반희는 채운이 자신을 닮는 게 싫었다. 둘 사이에 닮음의 실이 이어져 있다면 그게 몇 천 몇만 가닥이든 끊어내고 싶었다. 그래서 결국 둘 사이가 끊어진다 해도 반희는 채운이 자신과 다르게 살기를 바랐다. 그래서 너는 너, 나는 나여야 했다.

반희의 이러한 선택은, 비록 모녀 관계가 끊어지더라도 딸이 자신과는 다른 삶을 살기를 바라는 마음에서 비롯되었다. 자녀 때문에 자신다운 선택을 하지 못하는 대부분의 엄마들과 달리, 그녀는 매정하게 보일 수 있음에도 불구하고, 아직 엄마로서 할 일이 남아 있는 시점에 과감히 집을 떠난 한 여성이었다.

그리고 그렇게 서로에게 남겨진 상처들. 그러나 여전히 끊어지지 않고 이어지는 사랑과 상처의 끈은 실처럼 얽혀 현재의 관계를 만들어 냈다.

같은 성을 가진 모녀 사이는 나이 들어 친구가 되기도 하고, 때로는 애증의 관계가 되기도 한다. 희생과 헌신의 상징처럼 살아온 부모 세대, 특히 엄마의 존재는 자유와 독립을 추구하는 오늘날의 딸 세대에게는 더 이상 삶의 모델이 아닐 수 있다.

그 희생으로 자녀는 자라났고, 모든 것을 참고 견뎌낸 엄마에게 감사함을 느끼면서도, 그로 인해 남겨진 상처를 감당해야 하는 현실 속에서 소설은 말한다. 때로는 그 모든 것을 예상하고서라도, 자신이 살기 위해 자신의 삶을 선택하는 엄마도 있다고. 그리고 그런 엄마에게 과연 돌을 던질 수 있을까, 하는 질문을 조용히 건넨 본다.

여행 중, 딸은 엄마에게 두 가지를 제안한다. 휴대폰을 꺼두고 오직 둘만의 시간을 갖는 것, 그리고 서로를 친구처럼 '~씨'라고 부르자는 것. 아빠와 아들을 지칭할 때도 '~씨'라고 부르자고 제안한다.

"세상 모든 사람에게 공평해지는 게 좋지"

자신의 이름을 수십 년간 잊고 살아온 한국의 엄마들. 한국 사회에서 오랜 시간 동안 엄마의 존재는 '~ 아내', '~ 엄마'라는 호칭으로 대체되어 왔다. 이름을 지운다는 것은 곧 독립성을 서서히 잃어 간다는 뜻이기도 하다.

또한 이러한 호칭은 가정 내 권력 구도를 암묵적으로 내포하고 있다. 그런 의미에서 '~씨!'라는 호칭은 그 질서를 뒤집는 행위이며, 특히 엄마에게는 자신의 이름을 되찾아 주는 의미가 된다.

그 호칭에는 단순한 역할이 아닌, 이름으로 당당히 살아 있었던 스무 살의 자신을 기억해 내고, 한 인간으로서의 자리를 회복하게 하는 힘이 담겨 있다.

모녀가 여행 중 지나던 도로 옆, 길가에 벚꽃이 피어 있었는데, 그 풍경은 아주 짧은 대화로 이어진다. 이유는 엄마 반희가 앉은 조수석 오른편 도로변에만 벚꽃이 만개해 있었기 때문이다. 딸 채운은 불공평하다는 듯 묻는다.

"근데 왜 엄마 쪽에만 폈을까. 아니, 반희 씨 쪽에만."

그러자 엄마는 "내 쪽에만 펴서 분해?"라고 되묻고, 채운은 "아니, 불공평하잖아."라고 답한다.

반희는 이어서 이렇게 말한다.

"내 생각에는 처음엔 양쪽 길에 공평하게 벚나무를 심어 놨을 텐데, 도로를 확장하거나 그런 이유로 채운네 씨 쪽을 베어냈을 가능성이 높아."

이 짧은 대화는 차의 속도처럼 스쳐 지나가지만, 그 안에 담긴 의미는 무겁다. 이는 가족 내에서 한쪽을 완전히 베어 낸 기울어진 운동장을 은유한다. 처음에는 공평했을지 몰라도, 어떤 이유로 한쪽만 베어냈을 가능성.

가정에서도 마찬가지다. 그저 '여성'이라는 이유, '엄마'라는 이름의 숭고한 사명 아래, 스스로의 이름을 지우며 한쪽을 베어낸다. 문학은 그 침묵의 풍경을 은연중에 드러내고 있다.

이후 채운은 엄마에게 아빠의 재혼에 관심이 없느냐고 묻는다. 이에 반희는 조용히 대답한다.

나를 지키고 싶어서 그래. 관심도 간섭도 다 폭력 같아. 모욕 같고, 그런 것들에 노출되지 않고 안전하게, 고요하게 사는 게 내 목표야. 마지막 자존심이고. 죽기 전까지 그렇게 살고 싶어.

반희는 자신의 어린 시절을 떠올리며, 환경이 안 바뀌니 도망치고 싶었다고. 그냥 도망치면 될 걸 결혼으로 도망친 게 실수였다고 말하다. 그리고 이어서 이렇게 말한다.

돈 잘 버는 남편에 똑똑한 아들내미 내팽개치고 이혼한다고. 나는 채운 씨가 제일 마음에 걸렸는데. 그래도 이혼한 거 보면 내가 이기적인 게 맞긴 맞는가 봐. 안 그러면 내가 죽을 것 같아서. 죽기 전에 나를 조금이라도 회복해놓고 싶어서.

그러나 딸 채운은 그런 '엄마의 빈자리'로 인해 가슴이 답답하고 숨이 막히는 고통을 겪는다. 그는 언젠가 엄마가 떠날 것이라는 예감을 가지고 있었고, 늘 불안에 시달려 왔다. 그럼에도 채운은 엄마의 선택에 대해 비난하지 않는다.

왜냐하면, 사랑하기 때문이다.

그러면서도 채운은 묻는다.

사랑하는 게 왜 좋지도, 기쁘지도 않아? 사랑해서 얻는 게 왜 이런 악몽이야? 사랑하지 않으면 이렇게까지 힘들지 않아도 되는데, 미워하면 되는데… 왜 우리는 사랑을 하고 있어? 왜 이따위 사랑을 하고 있냐고. 눈물도 안 나오고, 숨도 못 쉬겠는… 왜 이런, 이런 사랑을 하냐고.

그녀는 이 말을 내뱉으며 벌떡 일어나 가슴을 움켜쥐고 욕실로 뛰어 들어간다.

반희는 이런 채운을 보면 묻는다.

두려워 도망치고 두려워 숨고 두려워 끊어내려고만 하면서 채운과 이어진 수천수만 가닥의 실을 끊어내려던 게 채운에게는 수천수만 가닥의 실을 엉키게 하는 짓이었다면 지금껏 나는 무엇을 위해 이렇게 살아온 것일까

딸의 고통스러운 모습을 보며, 그녀는 마음을 고쳐먹는다. "사랑이 악몽이라면, 차라리 함께 그 악몽을 꾸자. 우리 사이에 이어진 수많은 실을 밧줄로 꼬아 서로를 단단히 붙들자."라고. 그리고 다짐한다. 이제는 자신을 숨기지 않기로.

과거를 끊고 집에도 오지 못하게 했던 행동들, '엄마', '내 딸'이라는 말조차 피했던 모든 선택을 멈추고, 딸의 불안을 덜어주기 위해서라도 당당히 자신을 드러내며 살아가기로 한다.

현실로 돌아와 생각해 본다. 내 엄마가 소설 속 반희처럼 독립을 선언하지 않아서 고맙다. 그 희생이 없었다면, 나 역시 채운처럼 불안을 안고 병 하나쯤 달고 살았을지도 모른다.

그러면서도 바란다. 자녀들이 어릴 땐 그렇게 살지 못했더라도, 이제는 불공평한 노동에서 벗어나고, 돈도 아끼지 말고, 자녀 걱정은 덜하며 좀 더 자신만을 위한 삶을 살았으면 한다.

추석의 풍경도 변하고 있다. 모든 가족이 모여야 한다는 강박은 줄어들고, 각자 합의하에 시간을 보내거나 여행을 떠나는 모습도 많아졌다. 음식과 형식도 점점 간소화되고 있다.

추석이면 늘 엄마의 노동, 그 안에 감춰진 진실을 떠올리게 된다. 당신의 희생 덕분에 가정이 유지되고 생명이 자라났지만, 한쪽에게만 강요된 희생은 결국 불공평하고 착취에 가깝다는 걸 이제는 안다.

아내, 엄마라는 역할도 중요하지만 그 누구에도 종속되지 않는 '나'의 삶 역시 놓치지 않으려 애쓰고 있다. 그러면서도 여전히 명절이면 여든이 넘은 엄마의 희생에 기대고 마는 이기적인 나를 본다.

그래도 이번 추석엔 변화가 있었다. 몇 년 전만 해도 사위들에게 일 시킨다고 나무라던 아버지가 함께 집안 일을 거들고, 눈치만 보던 사위들이 "이번엔 제가 설거지할게요."라고 먼저 말해 주었다. 느리지만 매년 조금씩 나아지고 있다.

한쪽의 희생으로 완성되는 명절이 아니라, 성별이나 나이와 관계없이 모두가 함께 만들어 가는 명절이 되기를 기대해 본다.

변은혜

오늘도 나는 매트 위에서 삶의 태도를 배운다.
잡념으로부터, 긴장으로부터, 욕망으로부터 한
결 자유로워지며 있는 그대로 나를 끌어안아
본다. 내 속도대로, 천천히, 무엇보다 가벼이
흘러가기를 희망하면서.

〈마음이 이끄는 고요〉

2장
좋아하는 것들로
삶을 다시 짓기

마음이 이끄는 고요

"갈비뼈 사이사이 숨을 채우고 척추 마디마디를 세웁니다. 잠시 머물렀다가 비워내는 숨에 꼬리뼈 살짝 내리며 숨을 비워냅니다. 후우우."

눈을 감고 잔잔히 흐르는 음악에 의식을 맡기며 호흡을 따라간다. 두 손을 양 무릎 위에 올리고 마치 도 닦는 무인이라도 된 듯.

얼마 전부터 요가를 시작했다. 바쁜 일상 탓하며 거의 일년 동안 운동을 쉬었더니 바람 빠진 풍선 모양으로 근력이

약해졌다. 오랫동안 해 왔던 '만 보 걷기'는 이제는 그만두기로 했다. 어느 날 문득 보게 된 내 초라한 모습 때문이다. 흑자 기미에 주근깨, 홍조까지 뒤섞인 가무잡잡한 피부, 생기 하나 없는 표정, 더없이 낯설어 정면으로 보지 못하고 고개를 돌려버렸다.

'이게 다 태양 때문이야.'

요가에 입문하게 된 이유다. 요가를 한 뒤로 매일 근육통에 시달리지만, 하루 동안 흘린 땀만큼 신선한 성취감도 느끼고 있다. 몸이 아프다는 사실이 오히려 내가 살아 있음을 증명해주는 것 같아서, 되려 그 통증이 반갑기도 하다.

요가는 '생각 비우기'로 시작한다. 오로지 호흡에만 집중하라고 한다. 그러나 매트 위에 앉는 순간 먼저 복잡한 마음이 내 안을 가득 채운다. 해야 할 일, 하지 말아야 했던 선택, 꺼내지 말아야 했던 말들, 이미 지나간 장면들이 숨보다 앞서 떠오르지만, 요가는 그것들을 놓아주라고 한다. 거기에 더해 잘하려는 욕심도 비교하는 시선도 잠시 내려두고 오직 숨이 드나드는 숨결만 바라보라 말한다. 그래서 최면을 걸듯 집중해 본다. 고요가 스며들도록, 천천히 나에게 다가오도록.

"힘을 빼는 게 생각보다 쉽지 않습니다. 팔, 다리 편하게 내리고 누워 잠시 쉬겠습니다. 마치 물 위에 떠 있듯, 부드럽게 가라앉듯."

이젠 몸의 힘을 빼야 한다. 숨을 비우고 생각도 함께 내려놓는다. 미간과 입꼬리에서 조심스레 힘을 풀어본다. 그러나 정말 힘이 빠지고 있는지 확인하려는 마음에 되려 더 신경을 쓰고 있는 나를 발견한다. 힘을 빼려는 그 마음이 또 하나의 힘이 되어 몸을 붙잡는 것이다. 그 순간, 많은 감정이 스쳐 지나간다.

'몸을 살피는 마음마저도 힘이 되어, 나를 지배하고 있었구나.'

그 깨달음 앞에서, 나는 잠시 멈춰 선다. 그리고 천천히 알아차린다. 고요는 애써 찾는 것이 아니라, 붙잡고 있던 것을 놓아주었을 때 이미 곁에 와 있는 것이라고.

"동작이 안 되는 건 몸이 이상한 게 아니라 그쪽 근육을 안 썼기 때문입니다. 안 썼기 때문에 어색한 것뿐이에요. 좀 버텨볼게요. 호흡하며 잠시 머물겠습니다."

몸은 기억보다 느리게 반응한다. 이상한 일도 부끄러운

일도 아닐진대 참으로 민망하다. 이러고 어찌 살았나 싶을 만큼 로봇 인간 같다. 한쪽만 썼기 때문에 또는 쓰지 않았기 때문이라는 데 동의는 한다. 그러나 내 인생은 참으로 버라이어티했다. 몸이며 마음이며 두루두루 안 쓴 곳이 없을 터인데 이렇게 마음 같지 않다니. 이제 막 몸이 깨어나는 과정이라는 말에 위로가 되기는 하지만 내 몸이 낯선 건 어쩔 수 없다. 하지만 도망치듯 자세를 풀기보다, 몸의 소리를 그대로 받아 잠시 버텨본다. 그리고 호흡한다. 조금씩 잠에서 깨어나는 불편함에 귀를 기울이며.

버티며 힘을 빼라 하니 요가는 참으로 모순된 운동이다. 그런 면에서 삶도 역시 그러하다는 생각이 들었다. 다리에 힘이 풀려 주저앉고 싶어도 마음만은 평온을 유지해야 하고, 무너지지 않게 버티면서도 애쓰지 말라 하는 인생처럼 말이다. 끝까지 서 있되 삶을 쥐고 흔들지 않는 것, 요가가 가르치는 이 모순은 결국 인생의 다리를 건너는 법과 닮아 있진 않을까.

"힘을 빼면 호흡이 흐르고 마음도 따라옵니다. 마음을 따라가 보세요."

오늘도 나는 매트 위에서 삶의 태도를 배운다. 잡념으로부터 긴장으로부터 욕망으로부터 한결 자유로워지며, 있는 그대로 나를 끌어안아 본다. 내 속도대로, 천천히, 무엇보다 가벼이 흘러가기를 희망하면서.

이선희

봄이 오면
가슴 아픈 벚꽃이 핀다

봄은 조용히 현란하다. 봄이어서 꽃이 피는 건지 꽃이 피어 봄인 건지, 봄기운은 조용히 다가와 어느새 정신을 어지르곤 한다. 연둣빛 새싹과 노랑나비 팔랑거림이 눈길을 사로잡고 살갗에 스치는 바람결이 꽃잎 실어 옮기니 꽃잎인가 눈꽃인가, 마음을 흔들기에 충분하다.

이 아름다운 봄. 그러나 나에겐 마냥 곱지만은 않다. 그리운 엄마 생각 때문이다. 봄은 지극히 찬란하지만 내 눈가를 적시고 가슴 저리게 하는 먹먹한 계절이다.

늦둥이였던 나는 외롭게 자랐다. 엄마는 늘 바빴고 홀로 집을 지키던 나에게 마당만이 제일가는 친구였다. 흙바닥에 무언가를 그리며 1인 소꿉놀이를 했다. 그게 놀이였는지, 기다림이었는지도 모른 채.

엄마를 기다리는 시간. 쪼그려 앉은 작은 그림자는 시곗바늘처럼 마당을 천천히 돌다가, 해가 기울 무렵엔 전봇대처럼 길게 늘어졌다. 그림자마저 사라질 즈음엔 왜 그리 처량하고 적막하든지, 그때까지도 엄마가 오지 않으면 그렇게 서러웠다. 유년 시절 외로웠던 기억은 사는 내내 가슴에 아픈 멍울로 남아있다.

그 옛날 누구네나 그랬겠지만 유독 우리 엄마는 더 힘들어 보였다. 새벽부터 저녁까지. 콩을 타작하고 깨를 털고, 마늘과 생각을 캐며, 여름엔 뜨거운 태양 아래서 고추를 땄고, 겨울엔 마늘 까는 품도 팔았다.

계절이 바뀌어도 엄마에게 쉼이라는 말은 어울리지 않았다. 비 오는 날이 유일하게 일손을 놓는 날이었지만 그마저도 엄마는 늘 무언가를 하셨다. 그 와중에도 한없이 다정하고 따뜻했던 엄마. 그러기에 내게는 더 아프게 다가오는 존재다. 이제야 비로소 깨닫는다. 봄꽃보다도, 엄마의 삶은 언제나 한발 앞서 피고 있었다는 것을.

학창 시절, 나는 나이 든 엄마를 부끄러워했다. 대단한 이유가 있어서가 아니라, 단순하고 사소한 장면들 속에서 자라났다. 운동회날이나 소풍날에 친구들의 김밥과 내 흰밥 도시락을 비교한 것, 졸업식 날 한복을 차려입고 서 있던 엄마 앞에서 괜히 고개를 돌린 것은 엄마가 아니라 바로 나 자신을 드러내는 것 같아서가 아니었을까. 숨기고 싶었던 속내를 엄마 탓으로 돌리며 꼭꼭 감추고 싶었던 것은 아니었는지. 정작 부끄러운 것은 나 자신이었음을 이제야 희미하게 깨닫게 됐다.

군이 변명하자면, 그때는 세상의 모든 것이 불합리하게만 느껴졌다. 왜 나만, 왜 우리 집만, 가난 때문에 마음껏 공부하지 못한 것까지도 모두 부모에게 돌렸으니 이 역시 마음속에 그림자로 남아있다. 어릴 적, 석양 앞에 길게 늘어지던 내 그림자처럼.

그런데 어느 날 문득, 이런 생각이 들었다. 엄마와 나는 서로 다른 존재지만 '마음'이라는 생태계 안에서 굳게 자리하여 공존하고 있다고. 주어진 환경에서 마음을 나누고, 덜어내고 다시 자라나게 하는 데 꼭 필요한 관계, 그것을 '마음 생태계'라고 이름 짓고 싶다. 우리의 관계는 필연일까 우연일까. 분명 사랑하지만 때로는 이유 없이 아프기도 하고 설명할 수 없는 감정 앞에서 멈춰 서게 되는 관계. 기억 속 에피소드를 함께 품고 있는 이가 엄마이기에 마음의 생태계로 꼭 안아 깊이 간직하고 싶다.

벚꽃을 보면 엄마가 떠오른다. 가까이 있을 때는 그 아름다움을 다 헤아릴 수 없지만 한 걸음 물러나서야 비로소 찬란함이 더해지는, 그런 점에서 벚꽃과 엄마는 닮아있다.

나무 아래 있을 땐 그저 흩날림이던 것이 멀리서 바라볼 때 감탄하게 되었듯, 엄마도 그렇다. 세월이 흘러서야 비로소 진짜 모습을 보게 됐으니 나는 매년 봄마다 또 다른 엄마를 느끼고 앞으로도 반복하게 될 것이다.

벚꽃 피는 봄이 오면 엄마가 사무치게 그립다. 미안한 것이 하도 많아 감히 그리움조차 말하기가 사치스럽게 느껴진다. 언제쯤이면 그 벚꽃을 온전히 아름다움으로 맞이할 수 있을까.

가슴 아픈 벚꽃 말이다.

간절히 바라건대—

조용히 현란한 이 봄, 엄마와 얼굴을 맞대고

데칼코마니 같은 미소를 나누고 싶다.

이선희

함께 보던 시간의 온기

　내가 어릴 적, 1980년대는 우리나라 경제 성장이 눈부시게 일어나던 시절이었다. 1970년대생인 나는 병설 유치원 1회 졸업생이고 석탄 난로의 열기를 몸으로 기억하는 국민학교 출신이다. 봄이면 단체로 길가에 코스모스를 심었고 가을이면 잔디씨를 훑어 학교에 내야 했다. 그렇게 1980년대를 건너오며 나라 경제는 점점 발전하여 가정에도 변화가 생겼다. 곤로에서 가스렌지로, 아궁이에서 전기밥솥으로, 생활 가전이 하나둘 바뀌는가 싶더니 곧 텔레비전이 보급되었다. 우리는 그것을 '테레비'라고 불렀다.

그 당시 텔레비전은 화면 앞에 여닫이문이 있었다. 때 탈까 먼지 앉을까, 문을 꼭 닫아두어야 할 만큼 귀한 물건이었다. 보란 듯이 장식해 놓는 액세서리처럼, 그 집의 살림살이를 짐작하게도 했다. 그런데, '가난했던' 우리 집에 텔레비전이 있었다.

나에게 텔레비전은 마음을 나누는 소울메이트였다. 하루가 길고 심심하던 어린 시절, 텔레비전은 시간을 함께 건너게 해주는 창이었고 말없이 곁에 있어 주는 친구였다.

이웃집 언니는 오후 5시만 되면 우리 집에 와서 텔레비전을 봤다. 평소에는 잘 놀아주지 않으면서 그 시간만 되면 생긋 웃으며 찾아오니 좀 얄밉기도 했지만, 텔레비전 앞에 나란히 앉는 순간 우리는 금세 하나가 되었다. 누가 텔레비전을 바보상자라고 했나. 소원했던 관계도 낯익게 해주니 적어도 나에겐 '마음 상자'였다.

그 시절 텔레비전은 전 국민을 같은 시간, 같은 자리에 앉게 하는 집결 장치였다. 방송 시간이 되면 가족들이 모였고 화면 속 마지막 장면이 지나간 뒤에는 애국가가 흘러나오며 하루를 조용히 마감했다. 흑백에서 컬러로 바뀌던 순간 텔레비전은 그야말로 집안의 중심이 되었다. 밥상에 둘

러앉아 전원일기를 보며 우리 집 이야기인 듯 고개를 끄덕였고, 너도나도 수사반장이 되어 범인을 쫓느라 저녁 거리엔 사람마저 드물었다. 동네 슈퍼에서 올림픽 중계를 보며 함께 응원하던 그때, 텔레비전은 집 안을 넘어 온 국민을 이어주는 하나의 불빛이었다.

텔레비전은 역시 여럿이 함께 보아야 제맛이다. 한여름 더위를 날려주던 등골 오싹한 「전설의 고향」은 그 시절 밤을 대표하는 프로그램이었다.

화요일 밤 10시가 되면 이웃집 아주머니들을 은근히 기다리기도 했다. 모기장 안에서 숨죽이며 보던 귀신 이야기는 꿈에 나올지 두려워 후유증도 컸지만, 그럼에도 왜 그렇게 그날을 기다렸는지 지금도 알 수 없다. 문턱에, 마루에, 되는대로 앉아 웃음은 겹치고 무서움은 반으로 줄던 그 시간, 텔레비전은 그렇게 사람들을 불러 모았다.

지금은 텔레비전이 거리를 활보한다. 휴대폰이 일상을 차지하면서 영상은 손안에서 즉시 재생된다. 정해진 시간에 텔레비전 앞에 모여야 했던 시절은 자연스레 흑백의 역사로 흘러가 오래된 사진처럼 가슴 한쪽에 남았을 뿐이다.

이젠 더 이상 전 국민이 같은 시간에 같은 장면을 바라볼 필요도 없고 이튿날 아침 교실이나 골목에서 전날 본 드라마 이야기에 열을 올릴 이유도 자연스레 사라졌다. 각자의 화면, 각자의 시간 속에서 서로 다른 장면을 보고 서로 다른 속도로 하루를 살아가는 데 익숙해지고 있다.

그럼에도 나는, 그 시절 흑백의 추억을 꼭 안고 놓아주고 싶지 않다. 모든 것이 선명한 요즘 오히려 내 마음 한편에서는 어릴 적 텔레비전이 가만히 켜진다. 흑백으로, 조용히, 어린 시절을 재생하며. 그 시간은 지나갔지만, 나는 여전히 그 앞에 앉아 있다.

이선희

하얀 고요

사각사각

눈 내리는 소리가 들린다.

조용히 쌓이고 쌓이니

고요함이 밤새 마을을 덮었다.

온통 흰 세상

한 폭의 그림처럼 고요히 선연한 것은

빠알간 홍시 때문인가

마음에 내리는 하얀 눈송이 때문인가

한 발짝

떼어 노면 아까울까

또 한 발짝

떼어 노면 부서질까

빛처럼 흩어질까 밟지 못한다.

따뜻한 아랫목에

목화솜 이불을 덮고 누웠지만

흰 눈이 더 따뜻해 보이는 건 무슨 연유인지

고요하던 그날

빠알간 홍시 연지 찍은

선연한 눈꽃을

.

.

마음에 놓기로 했다.

이선희

그림 이선희

마음 여행

바다를 찾는 일은 잠시 쉬어가겠다는 무언의 다짐이다. 삶을 내려놓고 잠시 뒤돌아보겠다는 의미이기도 하다. 계획은 어차피 잡동사니에 불과하다. 멀리 푸른 하늘과 수평선을 바라보며 맨발을 모래 위에 살포시 올려놓기만 하면 된다. 그저 마음속에 쟁여온 사연 보따리를 풀기만 하면 그뿐이다.

바다 역시 아무런 준비가 필요 없다. 마음을 울리는 파도 소리와 밀려가며 부서지는 자갈 소리만으로도 어느새 사연은 풀리고 마음은 길을 떠난다. 그래, 이런 시간을 마음 여행이라고 불러도 좋겠다.

내 바다 사랑은 어릴 적 추억으로 거슬러 올라간다. 엄마는 나를 바다에 자주 데려가셨다. 게를 잡으러 가던 길에 어린 나를 혼자 둘 수 없어서다. 아침부터 먼 길을 나서야 했고, 엄마는 어린 나를 챙기며 게 잡은 짐까지 들어야 했으니 얼마나 힘든 여정인지 짐작하고도 남는다. 아마도 갈 때마다 징징거리지 않았을까 싶다.

그러나 그 기억이 나에겐 아름다운 추억으로 숨 쉬고 있다. 눈부시게 반짝이던 은빛 바다와 붉게 물든 저녁노을이 아직도 바래지 않은 채 마음속에 남아있기 때문이다. 바다를 동경하는 이유도 그 바다에서 위로받는 이유도, 어쩌면 그때부터 시작되었는지도 모르겠다.

성인이 되어서는 유난히 동해를 찾았다. 어느 곳이나 그렇겠지만 동해는 늘 같은 표정으로 나를 맞아주었다. 오래 알고 지낸 사람을 다시 만난 것처럼, 설명하지도 설명을 요구하지 않고 그저 마주 보기만 해도 충분한 그런 표정이었다.

정동진에 갔던 늦은 밤. 기차에서 내려 유일하게 불을 밝히고 있던 카페에 들어가 와인을 마셨다. 적당히 취기가 올랐고 감상에 젖기엔 충분한 밤이었다. 화끈화끈 열이 올랐던 볼에 부딪히는 차가운 바닷바람이 정신을 한순간 또렷하게 했고 그렇게 마음 여행은 다시 시작되었다.

매서운 바닷바람 맞으며 모래밭을 걸었다. 바람은 쉼 없이 얼굴을 스쳤다. 따귀처럼 아프게, 때로는 야단치듯이 다가왔다. 사회에 지치고, 사람에 치이고, 믿음은 깨어졌다.

벗어나고 싶었지만 방법을 몰라 여기까지 온 것 아닌가. 포근히 감싸주면 좋으련만, 차갑게 때리는 바람은 야속하기도 했고 서운함을 남기기도 했다. 애써 숨기고 싶던 것을 들춰내려는 심술쟁이처럼 느껴지기도. 그러나 더 이상 버티기 힘들 만큼 바람을 맞고 나니 마음이 한결 후련해졌음을 느꼈다. 아마도 그날, 나는 바다와 말없이 이야기를 나눈 것 같다.

바다는 끝을 말하지 않고 다만 방향을 내어줄 뿐이다. 더 이상 나아갈 힘이 없을 때 바다는 소리 없이 말하는 듯하다. 끝없이 펼쳐졌으니 사방이 열려 있다고 생각하는 건 크나큰 오해라고. 망망대해는 사방이 길이라는 뜻이기도, 동시에 길을 찾기 어렵다는 의미이기도 하다. 이 얼마나 역설적인가.

결국 바다는 모든 방향을 허락하지만 아무 길도 보장하지는 않는다. 그저 머리칼을 흩트리고 옷깃을 여미게 할 뿐, 그러며 동시에 다시 일어설 용기를 심어주니 바다는 분명 방향을 제시해 준 게다.

바다로 떠나는 일은 단순한 여행이 아닌 삶의 이유를 찾는 마음 여행이다. 바다는 끝내 아무것도 하지 않는다. 다만 말없이 곁에 두고 스스로 돌아갈 수 있도록 내버려 둘 뿐이다. 그 침묵 앞에서 나는 쉼표를 찍으니, 마음 여행은 계속될 것이다. 바다는 이유를 묻지 않고 그저 그러라고 두기 때문이다.

이선희

고향길

길은 늘 고향에서 시작된 듯한 느낌을 준다. 실제로는 수많은 도시의 거리 위를 걸어왔지만, 마음속 첫 길은 언제나 고향길이니 말이다. 옆집으로 뛰어가던 밭고랑 길, 멀고도 멀었던 학교 가는 길, 해 질 무렵 그림자가 길게 늘어지던 골목길. 어디로 가야 할지 몰라도 괜찮았고 돌아오는 길을 걱정하지 않아도 되었던 그 길. 구불구불하고 목적 없이 이어지는 듯해도 눈을 감으면 선명히 떠오르기에 눈 감고도 갈 수 있는 그 길이 바로 고향길이다. 내 기억 속 고향은, 언제나 그 '길'에서 시작된다.

일곱 살 무렵, 지금의 고향집으로 이사를 왔다. 마루도 넓고 방도 세 개나 있으며 다락까지 있는 집이었다. 지금 생각해 보면 보잘것없는 집이었지만 전에 살던 집에 비하면 궁궐과 견줄 만큼 큰집이었다. 엄마, 아버지는 나를 데리고 그 집을 고치러 다니셨다.

차 다니는 길이나 밭고랑 사잇길이나 구불구불 굽이지긴 매한가지였다. 가던 길에 찔레도 꺾어 먹고 삘기[1]도 뽑아 먹었지만, 어린 나에겐 멀고 힘든 길이었다. 시간이 느리게 흐르던 그 길, 걸어도 걸어도 멀기만 하던 그 길, 그래도 좋았다. 엄마 손잡고 시장가는 길만큼이나 설레었으니 집 고치러 가던 길은 신나는 길이었다.

고향길은 소통을 허락한 부지런한 길이다. 동네 친구가 없던 나는 방학 때면 아침부터 서둘렀다. 대문을 나서자마자 보이는 밭고랑 길을 아침 먹자마자 뛰어야 했다. 자칫 때를 놓쳐 옆집 언니가 먼저 나가 버리면, 하루 종일 매우 따분해질 수 있었기 때문이다.

---

[1] 【명사】 띠의 어린 새순. 띠('벼'과에 속하는 여러해살이풀)의 어린 새순으로 지역에 따라 삘기, 삐비, 띠기, 뽀비 등으로 불리며 옛날에는 뽑아 먹거나 놀이에 쓰던 식물.

한여름 아침 풀잎은 맨발을 간질였고, 이슬에 신발이 축축하게 젖었지만, 나는 빠르게 발걸음을 재촉했다. 아무도 다녀가지 않은 살구나무 아래의 살구를 줍고, 홍시 또한 먼저 간 사람 몫이었으니 고향길은 괜히 더 부지런해 보였다. 종종걸음으로 오르내리던 그 밭고랑 길을 떠올리면 마음은 어느새 유년 시절에 가 있다.

고향길은 정직한 길이다. 겨울에도 어김없이 밭고랑 길을 종종걸음으로 가야 했다. 옆집 언니와 썰매를 타야 해서다. 얼었다가 녹기를 반복하던 그 길에서는 요령이 통하지 않았다. 눈이 오면 오는 대로, 날이 맑으면 맑은 대로, 겨울 날씨를 그대로 보여주는 정직한 길을 나 역시 정직하게 걸어야 했다.

한낮엔 길이 녹으며, 방심하면 그대로 미끄러졌고, 신발에 흙이 덕지덕지 엉겨 붙었다. 눈치를 보며 천천히 디디거나 아예 멈춰 서서 흙을 털어내는 수밖에. 그럼에도 나는 그 길을 좋아했다. 하루를 기약하게 해주던 지름길이었다.

고향길은 한편 쓸쓸함을 안겨 준다. 굴뚝에 연기 피어오르던 늦은 저녁 집으로 돌아가던 길이 아직도 생생하다. 동네 이곳저곳에서 한목소리로 "밥 먹어라!" 외침이 들리면 그날의 놀이는 끝이 났다. 모르는 척하다가도 결국 마지못해 하나둘씩 집으로 향했다.

"잘 있어."

"잘 가."

"내일 또 여기로 와."

탱자나무 집 언니도 늘 같이 놀던 옆집 언니도 같이 종종종 걸었다. 분명 내일을 기약했지만 아쉬움과 쓸쓸함이 더 크게 다가오는 이유는 무엇일까. 저녁 무렵 고향길은 쓸쓸함을 더했다.

고향길은 내 삶으로 이어지는 길이다. 몸은 멀리 떠나있어도, 삶이 아무리 멀리 흘러가도, 그 길만은 언제나 나와 연결되어 있기 때문이다. 세상과 타협하며 구부러지다가도 다시금 반듯함을 찾게 되고 무겁고 힘겨워 모든 걸 내려놓고 싶을 때도 단순하고 순수했던 기억을 찾아 다시 돌아오기 때문이다. 그래서 '길'은 끝이 있을지 몰라도, '고향길'은 끝이 없다.

어쩌면 인생의 모든 길은 고향에서 시작된 것인지도 모

른다. 앞으로 나아가기 위해 수많은 갈래 길을 마주하지만, 그럴수록 처음을 떠올리게 되니 말이다. 그곳에서 나를 찾기 위해, 나를 잊지 않기 위해, 내가 어떻게 걸어왔는지를 상기시키는, 그게 바로 고향길이 아닐까. 고향길은 계속 변하겠지만 나에게는 영원한 '길'이다.

이선희

마지막 유산

유년 시절, 옆집 동생이 건넨

초코파이 하나에 마음이 움직여

교회를 다니기 시작했다.

다른 아이들은 부모의 손을 잡고

예배당으로 들어갔지만 나는 늘 혼자였다.

식사 시간이 되면 그 외로움은 더욱 또렷해졌다.

아이들은

가족과 둥글게 둘러앉아 밥을 먹었고,

나는 언제나 의자 끝에 홀로 앉아 있었다.

혼자라는 생각에 늘 소심했고,

말이 많지 않은 아이였다.

어느 날, 친구의 어머니가 내게 다가오셨다.

"복덩이, 이리 와서 밥 먹자."

그 말은 어린 마음에 불을 밝혔다.

부모에게서조차 들어 본 적 없는 이름이었다.

나는 아무 말 없이 자리에 앉았지만,

마음 깊은 곳에서 무언가 조용히 살아났다.

친구의 어머니는 그 후로도 나를 부를 때마다

'복덩이'라는 말을 붙이셨고

그 이름이 불릴 때마다

내 마음은 조금씩 자라났다.

청소년 시절, 선생님이 이런 질문을 하셨다.

"부모님께 들었던 말 중,

가장 기분 좋았던 말을 써 보세요."

나는 아무것도 적지 못했다.

기억을 아무리 더듬어 보아도

부모의 말은

한 문장도 남아 있지 않다는 사실이 서글펐다.

오래 망설이다 떠오른 단어 하나, '복덩이'

그 단어 하나로 충분했음을 깨닫는 순간,
설명할 수 없는 눈물이 흘렀다.

『인생에서 가장 중요한 것 세 가지』라는
책에는 이런 문장이 있다.

"말은 누군가의 마음속에
가장 오래 살아남는 기억이다."

내 안에 가장 오래 살아남은 말은
부모의 말이 아니라
타인이 건넨 애정의 이름 하나였다.

그때 비로소 알았다.

나는 귀한 존재였다는 것,
그리고 누군가의 삶에서는

복처럼 여겨졌다는 것을.

그 말을 품은 뒤,

나는 누가 불러주지 않아도

스스로 '복덩이'처럼 살고 싶어졌다.

말 한마디가 한 사람의 정체성을

어디까지 바꿔놓을 수 있는지

나는 이미 마음으로, 몸으로 기억하고 있기 때문이다.

"사람은 인정과 애정의 말을 먹고 자란다."

나는 그 문장을 오래 믿어왔다.

말이 사람을 키운다는 사실을

내 삶으로 배웠기 때문이다.

말의 온기와 말버릇은

대개 부모의 목소리를 닮아 간다.

그 습관은 자라서도, 늙어서도

사람 곁을 떠나지 않는다.

나는 물려받은 문장 하나 없이 어른이 되었고,
이제는 그 말을 건네야 하는 자리에 서 있다.

나는 스스로에게 묻게 된다.
아이에게 무엇을 남길 수 있을까.
어떤 말이 아이 삶의 뿌리가 될 수 있을까.

언젠가 아이에게 이렇게 묻고 싶다.
"너의 삶을 지탱해 준 말은 무엇이었니?"

그 질문 앞에서
아이가 망설임 없이 대답하길 바란다.
"엄마가 늘 해주던 말이요."

그 말이 아이의 삶을 지켜주는 씨앗이 되어
흔들리는 날에도 등에 업고 갈 수 있다면 좋겠다.
어린 시절, 누군가의 한마디가 나를 밝혔듯

나의 말 또한 아이 곁에 오래 남는 유산이기를.

현선하

완벽하지 않아도 돼

유난히 매서운 바람이 살을 파고들던

겨울 아침이었다.

공기마저 날을 세운 듯,

숨을 들이켤 때마다 마음까지 조여 왔다.

몇 달을 준비해 온 심사 발표날.

출근길 내내

몸은 긴장으로 굳은 한 덩어리처럼 느껴졌다.

전날 밤부터 마음은 한 번도

제대로 쉬지 못했다.

무슨 옷을 입어야 할지,

머리는 어떻게 정리해야 할지,

대본을 한 번 더 넘겨봐야 할지.

사소해 보이는 생각들이

꼬리에 꼬리를 물고 이어지며

끝내 긴장을 놓아주지 않았다.

하루는 아직 시작도 하지 않았는데,

마음은 이미 여러 번 그 자리에 서 있었다.

걱정과 불안이 하루의 가장자리를

조금씩 잠식해 갔다.

시간이 다가올수록

긴장과 초조는 숨 돌릴 틈도 없이 몰려왔다.

다른 일에 마음을 붙들어 보려 했지만,

생각은 끝내 제자리로 되돌아왔다.

지인들은 진정제를 권했지만

'혹시 몸에 탈이 나면 어쩌지,

하루를 통째로 망치면 어쩌지?'의 염려가

약보다 먼저 나를 붙잡았다.

결국 아무것도 손에 들지 못한 채,

수능 전날보다도 더 팽팽한 긴장 속에서

하루를 견뎠다.

이 마음을 가족에게 전하자
"강하고 담대 하라, 놀라지 말라"는 말이 도착했다.

성경 한 구절을 읽고서야
내 마음이 얼마나 바짝 말라 있었는지
비로소 알게 되었다.
그 깨달음이 닿는 순간,
말보다 마음이 먼저 흘러내렸다.

무거운 마음으로 심사장으로 향하는 길,
보송한 눈이 조용히 내려앉고 있었다.
평소라면 위로가 되었을 풍경이었지만
그날의 눈은 이상하게도
몸을 더 굳게 만들었다.
나는 그 차가운 기운을 그대로 안은 채,
심사위원들 앞에 섰다.

둥근 시선들이 나를 감싸 안고

나는 그 중심에 조용히 놓였다.

수없이 되뇌던 대본은

입술을 떠나는 순간 낯선 말이 되었고,

표정과 감정은 잠시 숨을 골랐다.

질의응답이 이어지는 동안

몸 어딘가에서 미세한 떨림이 번졌다.

혼자만 환히 드러난 채 서 있는 기분이었다.

심사가 끝나고 밖으로 나와

의자에 몸을 기대자 다리에 힘이 풀렸다.

잠시, 아무 생각도 없이

그 자리에 앉아 있었다.

차에 오르자 등이 천천히 욱신거렸고,

하루 종일 꼭 붙들고 있던 긴장이

그제야 몸을 통해 말을 걸어왔다.

긴장이 몸으로 먼저 흘러내리고 나서야,

나는 비로소 알았다.

에너지를 한 방향으로 끝까지 쏟아내면

몸은 말보다 먼저 반응한다는 것을 알았다.

'이런 순간을 사람들은 번아웃증후군 이라 부르는 걸까?'

그날, 나는 조용히 마음속으로 약속 했다.

이제는 너무 애쓰지 않겠다고.

내 몸에도, 내 에너지에도

분명한 한계가 있다는 것을

알게 되었으니까.

집에 도착해 소파에 몸을 맡겼다.

돌아올 수 있는 자리가 있다는 사실이

유난히 따뜻하게 느껴졌다.

머릿속에는 한 가지 생각만 남았다.

따뜻한 물에 몸을 담그고,

백희나 작가의 『장수탕 선녀님』 속 할머니처럼

등을 쭉 펴고

요구르트 하나를 호로록 먹고 싶었다.

하루를 무사히 통과한 나에게

그보다 완벽한 위로가 또 있을까.

어쩌면 오늘의 떨림은

첫 면접을 앞둔 청년의 마음일지도 모르고,

수능 전날 밤 잠들지 못한

수험생의 마음일지도 모른다.

우리는 삶 어딘가에

자기만의 '심사 발표 같은 날'을 안고 살아간다.

그날을 지나며

누군가는 떨고,

누군가는 버티고,

또 누군가는 조용히 통과한다.

오늘의 나는 떨었고, 버텼고, 끝내 지나왔다.

모자란 채여도 괜찮고,

흔들린 흔적이 남아도 괜찮다.

완벽하지 않아도,

오늘 하루는 충분히 살아냈다.

현선하

살아지는 것과, 살아내는 것

사람들은 누구나 새해를 앞두고

저마다의 소망을 품는다.

나 역시 새해를 맞으며

수첩을 사러 문구점에 들렀다.

해마다 수첩을 고르는 일은

이상하리만큼 진지하다.

겉모양은 마음에 들어야 하고,

달마다 계획을 차분히 적어 내려갈

여백도 필요하다.

그동안 내 수첩은 늘 '일을 정리하는 용도'였다.

무엇보다 중요한 것은,

해야 할 일을 놓치지 않는 것과

스스로를 조용히 들여다 볼

시간의 기록 공간이 필요했기 때문이다.

수첩을 한참을 고르다
우연히 하루 스물 네 시간이 모두 적혀 있는
수첩을 보게 되었다.

처음에는 이런 생각이 들었다.
'이걸 다 채울 수 있을까?'
'너무 숨 막히는 건 아닐까?'라는 생각의 끝에
어린 시절의 기억이 떠올랐다.

방학이 되면 나눠주던
시계 모양의 방학 계획표다.
잠자는 시간, 공부하는 시간, 밥 먹는 시간,
심지어 쉬는 시간까지
칸칸이 적혀 있던 종이 한 장.

수첩을 한참 동안 바라보다 보니
어쩌면 이 수첩을 활용해

하루의 흐름을 적어 내려가면

무심히 지나쳤던 순간순간의 마음이

소중히 담길지도 모르겠다는 생각이 들었다.

나는 스스로에게 물었다.

'그동안 얼마나 많은 시간을 담지 못하고 흘려보냈을까?'

'나에게 낭비되는 시간이란 무엇일까?'

'나는 어떤 시간을 헛되이 보내고 있을까?'

『국어사전』에는

낭비를 '시간이나 재물을

헛되이 쓰는 일'이라 정의하고 있다.

독서와 기록, 생각을 엮는 시간은

낭비처럼 느껴지지 않는다.

하지만 드라마를 몰아보고

사회관계망을 끝없이 넘긴 뒤에는

이유 모를 허탈함이 남는다.

생각을 조금 바꿔 보면

낭비란 결국

어디에 가치를 두느냐의 문제일지도 모른다.

이 생각의 끝은 또 하나의 질문을 남긴다.

'나는 무엇을 중요하게 여기는 사람인가?'

이 질문에 답하지 않는다면

하루를 살아내는 사람이 아니라,

그저 하루를 통과하는 사람으로 남게 될 것 같았다.

다가올 해의 나를 떠올려 보았다.

일과 가정, 그리고 나 자신 사이에서

어느 한쪽으로 기울지 않으려

균형을 지키는 사람.

해야 할 일을 놓치지 않기 위해

차분히 기록하고,

서툴지만 가족에게 좋은 말을

건네려 애쓰는 엄마.

읽고 쓰며

스스로를 다듬는 사람이기도 하다.

이 모습들을 하나로

묶다 보니 한 문장이 남았다.

"나는 균형과 성실함으로 오늘을 완성하는 사람이다."

괴테는 이렇게 말했다.

"그 사람이 어떻게 시간을 보내는지 알면,

어떤 사람이 될지도 알 수 있다."

이 문장은 내 안에 오래 머물렀다.

시간을 정리하고 생각을 가다듬는 일은

나를 옭아매는 일이 아니라,

오히려 나를 자유롭게 하는 일일지도 모른다는 것을.

물론 드라마를 보며 쉬는 시간도 필요하다.

그 또한 나를 돌보는 방식일 수 있다.

다만 무의식적인 소비가 아니라,

의식적인 선택이길 바랄 뿐이다.

나는 내게 주어진 시간을

가만히 들여다보았다.

정해진 시간 안에서 집중하고,

시간에 끌려가지 않기 위해

시간을 주도하며 살고 싶었다.

행복하고 건강한 삶은

자신을 정확히 아는 데서 시작된다.

계획하고 실행하는 과정 속에서

나를 이해하고,

어디에 에너지를 쓸지 선택하는 힘.

그 힘을 갖는다는 건

생각해보면 꽤 멋진 일이다.

해야 할 일을 가려내고,

충분한 휴식을 남겨두며,

여러 일을 동시에 붙잡기보다

지금 이 순간에 몰입하는 삶.

나는 하루를 적으며,

내 삶을 살아내는 연습을 한다.

저절로 흘러가는 삶이 아니라,

의식적으로 살아내는 삶을 선택하는 사람으로

천천히 걸어가고 싶다.

현선하

끈적한 건
호박만이 아니더라

유난히 더위가 기승을 부리던 가을,

시골에서 늙은 호박 하나를 받아 왔다.

손에 쥐자 묵직한 호박은

계절이 고스란히 담겨있었다.

칼을 들고 조심스럽게 썰던 순간,

예상하지 못한 장면이 펼쳐졌다.

하얗고 끈적한 진액이 몽글몽글,

마치 살아 있는 것처럼

상처 난 단면 위로 천천히 올라왔다.

신기했고, 예뻤다.

'어머, 이거 뭐지?' 하며 놀라는 나는

늙은 호박을 처음 썰어본 사람이다.

낯선 장면 앞에서

인간의 오래된 생존 본능이 작동했다.

‘독은 아니겠지?’,

‘상해서 이런 건가?’

호박은 옆에 두고

한 손엔 칼, 한 손엔 휴대폰을 들었다.

검색 결과는 단순했다.

끈적한 정체는

호박 속 수액, 혹은 ‘라텍스’라 불리는

천연 점액질 이었다.

호박이 상처를 입었을 때

외부의 세균이나 곰팡이를 막기 위해

스스로 내보내는 방어 물질이었다.

상한 신호가 아니라

아직 살아 있다는 증거.

말 한마디 하지 않는 그 호박이
분명히 이렇게 말하는 것 같았다.
'나, 아직 살아 있어.'

살아 있다는 건 반응한다는 뜻이다.

그 모습은 마치
우리 마음과도 닮아 있었다.
누군가 말 한마디 툭 던지면
마음속에서 진액처럼
감정이 바로 올라온다.

"그 말은 좀 상처인데요."
"아니, 그런 뜻은 아니었어.",
"괜찮아."라고 말은 하지만
대개는 괜찮지 않다.

그 말들 대부분은
마음에서 흘러나온 진액이다.

일상 속에서

우리는 얼마나 많은 진액을 흘렸을까.

웃으며 삼킨 말들,

넘어간 척 덮어둔 감정들.

결국 남는 건

혼자서만 오래 끈적이던 마음이다.

겉으로 보기엔 지저분해 보이고,

정리되지 않은 감정들이

서로 뒤엉켜 흐른다.

호박도 썰리면 진액을 흘린다.

사람이라고 다를 리 없다.

흘러야 할 끈적함을 붙잡는 순간,

호박의 진액처럼

마음도 굳기 시작한다.

표면은 단단해지고,

손에 쉽게 묻지 않게 된다.

마음도 그렇다.

"이제 아무에게도 상처받지 않아."

강해 보이는 이 말은 어쩌면
"아무도 내 안으로 들어오지 마."라는
다른 말일지도 모른다.

단단해진 게 아니라 굳어버린 상태.

아프지 않으려는 선택이
느끼지 않겠다는 선택이 될 때가 있다.

가끔은 스스로에게 이렇게 말해줘야 한다.
"이제 그만 나와도 돼, 상처 보호는 끝이야."

이 말을 스스로에게 해줄 수 있는 사람이
스스로를 돌볼 줄 아는 사람일 것이다.

호박은 진액이 있어야 신선하고
사람은 감정이 있어야 살아 있다.

감정이 올라온다는 건
아직 반응할 힘이 남아 있다는 뜻이다.

무감각보다 낫고
무표정보다 따뜻하다.

아무 느낌이 없다는 건
편해 보일 수는 있어도
살아 있다는 증거는 아니다.

감정은 짐이 아니다.
'내가 아직 여기 있다.'는 신호다.

오늘의 나는
조금 끈적였고,
조금 예민했고,

조금 마음이 흘러넘쳤다.

오늘도 나는 살아 있다.
진액이 흐를 만큼.

현선하

안전한 관계의 의미

몇 년 전,

이직한 직장에서 한 사람을 알게 되었다.

오래된 사이는 아니었지만

이상하게도 시간이 쌓인 사람 같았다.

처음부터 특별한 관계는 아니었다.

각자의 하루를 살다가

같은 공간에 머무는 시간이

조금 늘었을 뿐이다.

의도를 가지고 다가간 것도 아니고

관계의 이름을 먼저 정한 적도 없었다.

함께 있어도 부담스럽지 않았고

말이 없어도 어색하지 않았다.

웃음이 많았고,

깊은 이야기가 없어도

관계는 흔들리지 않았다.

알고 지낸 지 일 년 반쯤 되었을 때

부모님의 부고 소식을 뒤늦게 들었다.

그 순간 나는 의문이 들었다.

'왜 말하지 않았을까.'

'함께 슬퍼할 수 있었을 텐데…'

'왜 그 시간을 혼자 건넜을까.'

부고를 전하며

그는 깊은 이야기를 하지 않았다.

그렇기에 나 또한 묻지 못했다.

질문은 조심스러웠고,

그 마음에 깊이와 넓이를 알 수 없기에

그 마음을 더 열어 보지 못한 채,

4년이라는 시간이 흘렀다.

어느 날 커피 한 잔 앞에서
지인은 그날의 이야기를 꺼내기 시작했다.

부모님의 소천 이유와,
슬픔 마음을 위로해 준 사람들 이야기,
주변 분들에게
소식을 전하지 못했던 무거운 마음까지
고스란히 마음으로 전해졌다.

그는 끝내 말 끝자락에서 고개를 떨구며
"그렇게 나는, 부모를 그리움으로 안고
살아가게 되었어."하며 눈물을 보였고,
나는 말없이 함께 울었다.

'그 이야기를 얼마나 오래 품고 있었을까.'
'누군가에게 내려놓을 자리를 얼마나 기다렸을까.'

지난 아픈 이야기를 지금 꺼낼 수 있었던 건,
이 관계가 안전하다고 느꼈기 때문일 것이다.

몇 년 전 읽은 『수치심 권하는 사회』 책에서
브레네 브라운은 이렇게 말했다.

"사람은 이해받을 준비가 아니라
안전하다고 느낄 때 말하기 시작한다."

정말 그렇다.
나 또한 아무에게나 이야기를 건네지 않는다.

어떤 말은 직장 동료에게만 닿고,
어떤 말은 가족에게도 닫아둔다.
사람마다 열어둘 수 있는 문의 크기는
저마다 다르니까.

나는 누군가가 이야기를 꺼낼 때
안전한 사람이고 싶었다.
언제 찾아와도
돌아서며 후회하지 않아도 되는
그런 사이 말이다.

안전함은 설명으로 생기지 않는다.

시간과 태도로 증명될 뿐이다.

완벽한 말은 필요 없다.

해결책도 꼭 있어야 하는 건 아니다.

판단하지 않고 그 자리에 머무는 것.

그것만으로도 누군가에게는 충분하다.

나는

완벽하게 안전한 사람도

완벽하게 마음을 여는 사람도

되지 못할 것이다.

그럼에도

조금 더 귀 기울이고,

조금 더 오래 앉아 있고,

조금 덜 재단하고 싶다.

그 정도면 누군가가

네 해를 품고 온 이야기를

내려놓기에는 충분하지 않을까.

현선하

빨리 가려다 잃어버린 것들

나는 늘 조급한 사람이었다.

빨리, 더 빨리.

이왕이면 남들보다 앞서가야 마음이 놓였다.

'빨리빨리'가 미덕인 나라에서

나는 그 말에 꽤 잘 길들여진 사람이었다.

속도는 곧 성과였고,

성과는 나의 가치처럼 여겨졌다.

더 높은 산을 향해 쉬지 않고 달렸다.

일은 늘 우선순위의 맨 위에 있었고,

인정받고 싶은 마음과

성공하고 싶다는 욕구는

나를 멈추지 못하게 했다.

뒤를 돌아보니

생각보다 많은 것들이 무너져 있었다.

가정의 균형은 조금씩 기울어 있었고,

가족과 함께 보낸 시간은

기억 속에서 희미해져 있었다.

함께 있기는 했지만

마음까지 함께 있었는지는 잘 모르겠다.

나는 늘 바빴다.

그 바쁨을 '성실함'이라는 이름으로

스스로를 설득하며 살아왔다.

그 순간, 지금의 나처럼 하루를 살아냈을

엄마의 시간이 떠올랐다.

엄마의 손을 찾고,

다정함을 기다리던 그때의 나.

그토록 바라던 엄마의 모습은 지금 어디에 있을까.

어느새 엄마와 닮은

일 중심의 엄마가 되어 있음에,

가슴이 철렁 내려앉았다.

얼마 전, 아이 학교에서 메시지가 왔다.

졸업식에 사용할 가족사진이나 어릴 적

추억이 담긴 사진을 보내달라는 내용이었다.

쌓여 있던 사진들 속에서

정리되지 않은 사진을 고르는 일은

서울에서 김 서방 찾기 같았다.

사진첩을 넘기다

아이의 12개월 무렵 사진을 발견했다.

바닥을 엉금엉금 기어다니며

두 개 난 앞니를 드러내고

환하게 웃고 있는 얼굴.

순간, 눈물이 왈칵 쏟아졌다.

바쁘다는 이유로 돌아보지 못했던

아이의 소중한 모습이

내 기억 속에 남아 있지 않다는 것이

너무도 서러워서였다.

그때 나는,

무엇이 그렇게 바빴을까.

아이들은 어렸고, 나는 젊었다.

'오늘이 가장 젊은 날'이라는 말이

그제야 마음에 닿았다.

아주 사소한 순간이라도

지금 이 시간을

눈에 담고, 기록으로 남겨두자.

먼 훗날,

오늘처럼 기억하지 못한 시간 앞에서

아쉬움으로 울지 않기 위해서다.

사소한 오늘을 남겨두는 일은,

미래의 나를 덜 울게 하는 방법이다.

이제 내가 중요하게 여기는 것은

성공보다 평온이고,

빠름보다 지속이다.

남들과 비교한 속도가 아니라

나에게 맞는 속도를 찾는 일.

조급함을 내려놓는다는 것은

아무것도 하지 않는다는 뜻이 아니다.

무엇을 지킬 것인지

분명히 아는 일이다.

조금 느려도 괜찮다.

지금 이 순간을 기억할 수 있다면.

아이의 얼굴을 또렷이 떠올릴 수 있다면.

나는 오늘도 연습 중이다.

빨리 가는 법이 아니라,

잃어버리지 않고 가는 법을.

현선하

인생의 혼밥

우연히 홀로 밥을 먹게 된 날,

나는 발길이 닿는 대로 식당을 향했다.

점심시간이 되면

식당의 공기가 먼저 바뀐다.

의자 끄는 소리, 웃음 섞인 대화,

약속된 무리들이 자연스럽게 자리를 채운다.

가족끼리, 친구끼리, 동료끼리

사람들은 각자의 무리를 이루어 점심 먹지만

나는 홀로 밥을 먹는다.

고맙게도 창가 옆 자리에 앉을 수 있었다.

자리 운은 좋았다.

태양을 벗 삼고,

눈 쌓인 벌판을 풍경 삼아 앉았다.

주변 사람들의 소리는

잔잔한 음악처럼 들렸고,

빛은 선연하게 따스하고 눈부셨다.

잠시 후 주문한 음식이 나왔다.

음식을 씹는 소리는 유난히 크게 들렸고,

국물은 칼칼하게 목을 타고 내려갔다.

조개는 탱글했고,

갓 꺼낸 김장 김치는 양념이 알찼다.

이런 날은

혼자여도 괜찮다 싶다가도,

문득 마음 끄트머리가 시려온다.

많은 사람들 속에서 나만 혼자였다.

자연스레 시선이 나에게 몰렸다.

아이와 눈이 마주치고,

회사 동료의 시선도 스쳤다.

차라리 예뻐서 쳐다보는 것이라고

착각이라도 하면 좋겠지만,

명백히 그렇지 않다는 사실도 알고 있다.

'나는 자기 객관화가 꽤 잘 되는 편이다.'

시선이 흘러가던 틈 사이,

창밖을 바라보다

앞 테이블의 노부부에게 시선이 멈췄다.

두 분은 마주 앉아 있었지만

서로를 보지 않았다.

같은 테이블 위,

서로 다른 곳을 바라보고 있었다.

그 모습이 어쩐지

나의 혼밥과 닮아 있었다.

시선이 머무는 순간,

할머니가 잠시 나를 바라보았다.

나는 고개를 살짝 돌렸지만

마음속에서는 묻고 있었다.

"할머니, 옆에 누가 있어도 외로울 때가 있죠?"

할머니의 한 끼는

인생의 헛헛한 혼밥을 씹는 듯 보였다.

눈으로 내 옆자리를 권하며

햇살과 따뜻한 국물의 온기를

함께 나누고 싶었지만

그 신호는 못하고 바람으로 흩어졌다.

나의 혼밥 시간은

비어 있어 쓸쓸한 자리가 아니라

내 마음이 잠시 쉬어갈 수 있는 자리였다.

이 한 끼는 고독이 아니라,

내 속도를 느끼고,

세상을 마주하는 조용한 사색의 시간이 되었다.

나는 혼자 밥을 먹고 있었지만

마음은 세상을 관찰하고,

느끼고,

스스로에게 말을 건넸다.

외롭지 않았다.

오히려 이 고요함 속에서

나만의 사색과 속도를 누리고 있었다.

누군가 곁에 있어도

외로운 날이 있고,

홀로 있어도 충만한 날이 있다.

그 시간을 어떻게 마주하느냐가

내 삶의 깊이를 결정한다.

인생의 헛헛한 혼밥을 먹기보다

외로움에 흔들리지 않고,

홀로서기를 즐길 줄 아는 어른이 되고 싶다.

현선하

에필로그

좋아하는 것만 남긴 이후의 삶

이 책을 여기까지 읽어온 당신 역시, 아마 비슷한 질문 앞에 서 있었을 것이다.

더는 무언가를 더해도 삶이 단단해지지 않는다는 감각, 애써 지켜 온 것들 사이에서 정작 나 자신이 희미해졌다는 느낌. 이 책을 함께 쓴 우리 다섯 명은, 각자의 삶에서 그 질문을 피해 가지 않고 바라보기로 했다.

우리는 이 책을 통해 '정답'을 제시하고 싶지 않았다. 다만 우리가 지나온 선택과 망설임, 덜어냄과 남겨둠의 과정을 솔직하게 나누고 싶었다. 누군가는 관계의 거리를 다시 조정했고, 누군가는 감정의 경계를 세웠다. 또 누군가는 삶의 속도를 늦추었고, 누군가는 오랫동안 잊고 지냈던 취향을 다시 불러왔다. 결과는 서로 달랐지만, 한 가지는 분명했다. 삶은 조금 가벼워졌고, 우리는 다시 나 자신에게로 돌아오고 있었다.

'좋아하는 것만 남기는 삶'은 끝이 아니라 과정이다. 한 번의 결심으로 완성되는 일도 아니다. 때로는 다시 욕심이 고개를 들고, 다시 예전의 방식으로 돌아가고 싶어질 때도 있을 것이다. 그럴 때마다 우리는 스스로에게 묻기로 했다. 이 선택은 나를 살리는가, 나를 소모하는가.그 질문 하나만으로도 삶의 방향은 다시 정리되기 시작했다.

이 책을 덮는 지금, 당신의 삶이 당장 달라지지 않아도 괜찮다. 모든 관계를 정리하지 않아도 되고, 모든 감정을 완벽히 관리할 필요도 없다. 다만 하나만 기억해도 충분하다. 당신은 이제, 애쓰지 않는 선택을 해도 괜찮은 시기에 와 있다는 사실이다. 덜어내는 삶은 포기가 아니라, 나를 지키는 방식이라는 것도.

이 책은 다섯 명의 이야기로 시작했지만, 마지막 장면은 언제나 당신의 몫이다. 당신이 무엇을 내려놓고, 무엇을 남길지, 어떤 속도로 살아갈지는 오직 당신만이 정할 수 있다. 우리는 다만 이 책이 그 선택의 순간에 조용한 용기가 되기를 바란다.

이제 당신의 삶으로 돌아가길 바란다.

조금 덜 애쓰고, 조금 더 나답게.

좋아하는 것만 남긴 이후의 삶은, 생각보다 훨씬 단단하고 평온하다.